元気になるシカ！2

ひとり暮らし闘病中、仕事復帰しました

藤河るり

はじめに

えーっと どこかな
るり〜！
こっちこっち！
わ〜！久しぶり！
キャ
キャッ
まさか癌になるなんて…本当に大変だったね
うん
治療が終わって良かったね〜
ありがとう
元気そうで良かったよ！
えへへ
6ケ月間の抗がん剤治療で丸坊主になって1年髪の毛もちゃんと生えてきて
お酒飲める？
もちろん！
療養中に落ちた体力もちょっとずつついてきて
自分でもだいぶ元気になったと思います
が

ズッキン
ズッキン
まだまだ油断できない毎日です
お腹いたい…！
ちょっと無理しただけなのに！
うううっ
ズッキン
ズッキン

初めましてもしくはまたお会いしましたね！
シカの似顔絵の藤河るりと申します

女
BL漫画家
37歳
東京
ひとり暮らし
基本データ
です

BLとはボーイズラブのこと

2014年に卵巣がんが発覚
卵巣がんIC
※2014年当時の標準治療をしました
同年2月に卵巣・子宮全摘出手術をし
9月に半年間続いた抗がん剤治療を終えました
詳しくは前作「元気になるシカ！」読んでね❤
元気になるシカ！
※2010年卵巣がん治療ガイドラインによるもの
治療が終わった人たちが言う
今はもうすっかり元気！
その言葉を以前はそのまま受け止めていました
元気になった
それは嘘じゃない
でも元気じゃない日もある
そんな反復横跳びを繰り返しながら周りの助けや応援もあり徐々に仕事に復帰することができました
ほっ
はっ
うっ

抗がん剤治療という山を登った後
日常生活という道は今までと少し違った景色になりました
急がずマイペースに
でも限られた時間を感じながら
淡々と前向きに

この漫画はそんな仕事復帰と治療の日記です

登場人物紹介

主人公

藤河るり

BL&エッセイ漫画家。
36歳で卵巣癌に。
東京ひとり暮らし。

脱毛バージョン

登場人物紹介

家族

父母
気楽な隠居生活で台湾に
行ったり来たり。基本は地方在住。
（父は日本人、母は台湾人）

弟
嫁と息子２人を持つ
立派な男。関東在住。
（今巻では登場なし）

友人

Ｉちゃん
大学時代からの仲良し。
お父さんが癌を患う。

魔女
酒を愛する魔女（愛称）。
銀座のママ。

しょわ（SHOOWA）さん
BL 漫画家。
仲良し。

ヤマヲミさん
BL 漫画家。

ミキさん
魔女の同居人。

主治医

婦人科の先生
治療後の経過観察は主に
この先生に診て頂いてます。

執刀医
卵巣・子宮摘出施術を
担当して頂きました。

目次

元気になるシカ！2

第1章

抗がん剤治療直後のこと

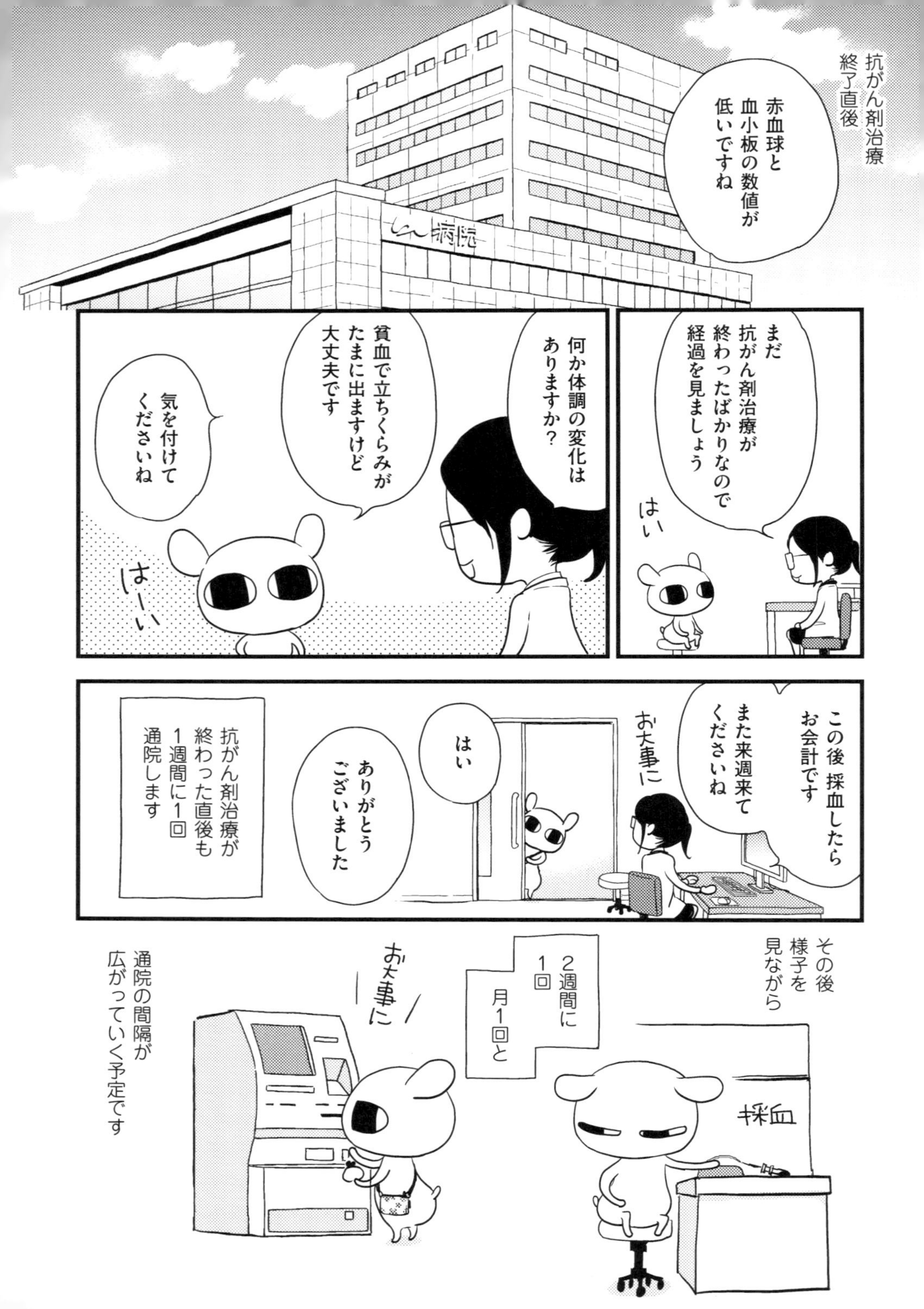
抗がん剤治療終了直後
赤血球と血小板の数値が低いですね
病院
まだ抗がん剤治療が終わったばかりなので経過を見ましょう
はい
何か体調の変化はありますか?
貧血で立ちくらみがたまに出ますけど大丈夫です
気を付けてくださいね
はーい
この後 採血したらお会計です
また来週来てくださいね
お大事に
はい
ありがとうございました
抗がん剤治療が終わった直後も1週間に1回通院します
その後様子を見ながら
2週間に1回
月1回と
お大事に
採血
通院の間隔が広がっていく予定です

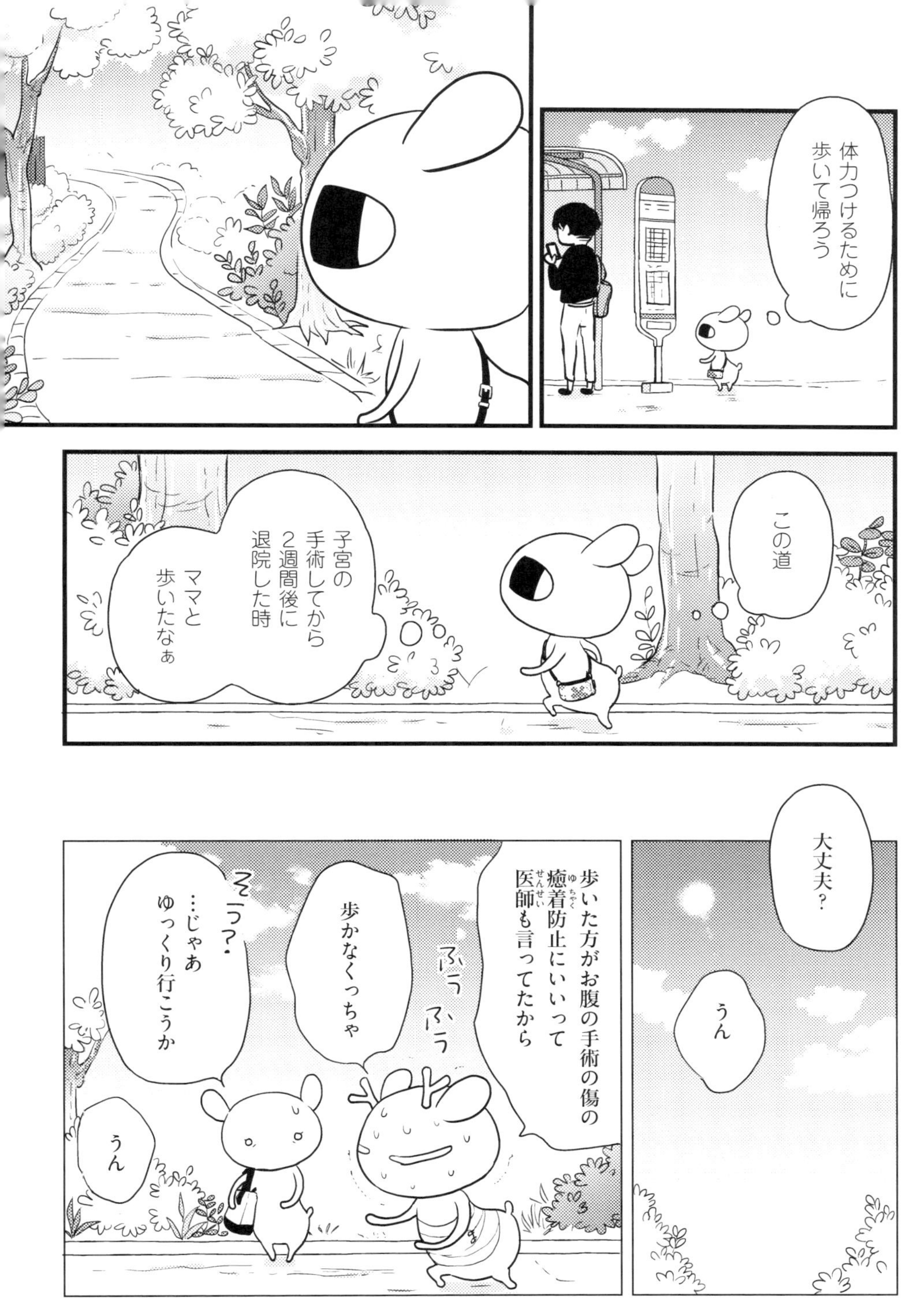
体力つけるために歩いて帰ろう
この道
子宮の手術してから2週間後に退院した時
ママと歩いたなぁ
大丈夫？
うん
歩いた方がお腹の手術の傷の癒着《ゆちゃく》防止にいいって医師《せんせい》も言ってたから
ふう ふう
歩かなくっちゃ
そう？
…じゃあゆっくり行こうか
うん

ムカムカムカァ
うっ
ズキン
ズキン
ズキン
ふっ
ズキン
ズキン
ズキン
ふっ
ふっ
ズキン
ズキン
ごめん
気持ち悪い
ムリ…
ちょっと休んでいい？
そこのベンチで…
チ
チ
チ
チ

家までこんなに遠かったっけ
そろそろ行かない？
うん
ふう
ふう
そうやって何度も何度も休みながら帰った道

今はまだ
ゆっくりだけど
それでも休まず
歩けるように
なったなぁ
まだ速く
歩けないけど
ふぅ
ふぅ
地元では
有名な整体師さんが
実は友達の
お父さん
「歩くのは
お腹のマッサージ
だからね」
って言ってたし
癒着防止と
体力づくりのために
ウォーキング
続けるぞ！
というわけで
毎日40分〜1時間
歩くのが目標に
なりました

抗がん剤後の仕事予定

抗がん剤治療後
半年間はお仕事
お休みしよう
2014年9月
治療終了
半年間
2015年3月
お仕事スタート目安
編集さんにお仕事の相談
そうですね半年くらいは様子見た方がいいですよ
ありがとうございます！
仕事をやらせてもらえて感謝です
大きい手術じゃなくてもお腹を開けると落ち着くまで結構かかると聞きますから
あっ そうなんですか？
家族に手術をした人がいなくて…その辺未知数なんですよね…
今にわかりますよ
フフフ
無理は禁物です
はは、はい！
あわわ
いったい何が…
よし！
計画表を作ろう！
半年間のお休み期間
短いページ数の漫画
同人誌や
LINEのスタンプイラスト
イラスト等を描いてウォーミングup！
仕事開始1年
治療前は1ケ月に1本だったけど
すっかり慣れた液晶タブレット
まずは3ケ月に1本で徐行運転
それで大丈夫そうだったら
来年は通常運転にできたらいいなぁ

仕事再開までのリハビリ

仕事再開まで半年間かぁ
長いようであっという間の予感
ぴらっ
1月
治療が終わったらやりたいと思っていたことが
実は治療中からずっとあったんだよね～
それは
中国語!
你好!
漢語
汉語
日台ハーフなのに中国語はあいさつ程度しかできず
従姉からメール
你的身体好嗎?
今天冷不冷?
ずっと勉強したいと思いながらやれずにいた
中国語初級発音基礎コースは3ケ月間かぁ
体調が悪い時もチケット制なら休みやすいからこの教室にしよう
中国語教室
まずは週に1度教室に通う!
うん
治療直後にちょうどいいペースだね
中国語教室
3月に予定してる台湾旅行でちょっとでも話せるようになろう!
おーっ!!
というわけで中国語教室に通うことに

過信してた

昼間は原稿
夜は中国語
今日は充実してたなぁ!
ムフフ…
明日も原稿やろう
次の日
ぐおおお…
ズキーン
ズキーン
ズキーン
うううう…
なんで…!
ズキーン
ズキン
だるさと腹痛で起き上がれず
おお

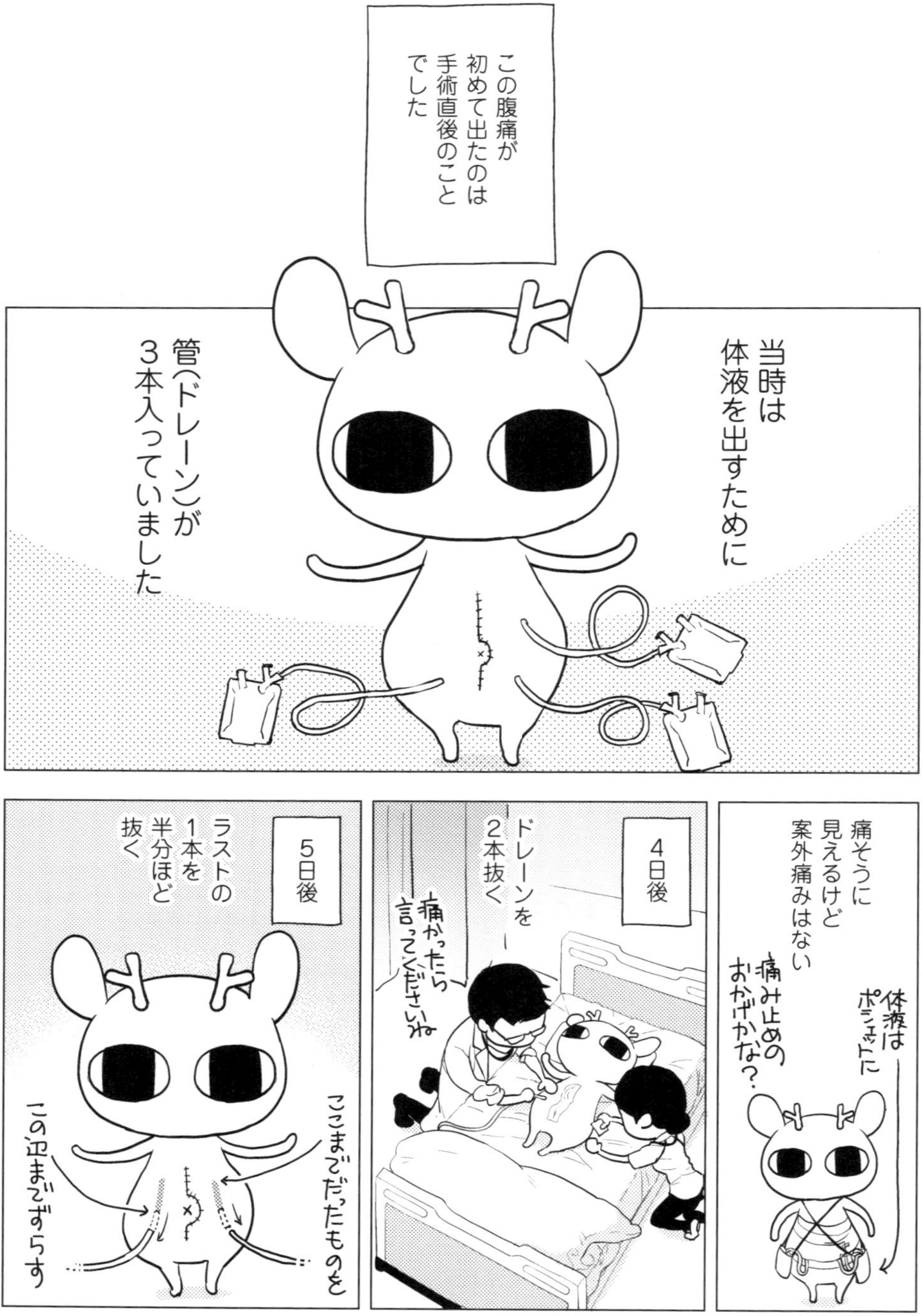
この腹痛が初めて出たのは手術直後のことでした
当時は体液を出すために
管（ドレーン）が3本入っていました
痛そうに見えるけど案外痛みはない
痛み止めのおかげかな？
体液はポシェットに
4日後
ドレーンを2本抜く
痛かったら言ってくださいね
5日後
ラストの1本を半分ほど抜く
ここまでだったものを
この辺までずらす

まだ体液が出るかもしれないからこれで様子を見て
明日問題なければ全部抜きましょう
はい
……
ズキ
あれ?
今日ずらす前までは痛くなかったのに
ズキン
ズキン
痛い…な?
ズキン
ちょっと体の向きをかえて…
よいしょと
ズキーー
やっぱり痛い…
ズキン
ズキン
おぉ
ズキン
おぉ
我慢できないほどの痛みじゃないし
今日はとにかく寝よう
ズキン
ズキン
ズキン

ズキン
次の日
痛い…！
ズキン
ズキン
ズキン
管があるところがズンズン痛い
うっ
キーン
ズキン
もうこれ以上我慢できない！
先生！
ズキン
だら
だら
痛いんですぅ
うう
じゃあ今日ドレーン全部抜いちゃおうか
ドレーンを抜く時も最初の2本と違い
いったたた
ギャーッ
おかしいなあそんなに痛くないはずだけど
??
たたた
声を我慢できなかった
この時痛かった場所がその後ずっと痛くなるようになった
CTでもMRIでもなんともないし
超音波で見ても腹水もないですねぇ

どんな痛みですか？
うーん…なんていうかズンズンっていうか…ズキズキとは違う…
うーむ
？？？？
もしかしたらお腹の中で手術の傷が癒着しているか傷ができてひきつれているのかもしれませんねぇ
う〜ん
そう！
おおっ
痛みの感覚がひきつれ！ひきつれの痛みです！
それだ!!
ポン
なんだかスッキリ達成感
別に痛みがなくなったわけじゃないけど
痛み止めも出せるのでひどいようなら言ってくださいね
はい
この腹痛はしばらくすれば治るものだと思っていた

マイペースで

中国語は
ピンインという
発音記号と
四声という
高低のアクセントで
話す
ei
エ イ
3ケ月コースの
レッスンで
この発音を勉強
大人になってからの
勉強って楽しいなぁ
ēi éi ěi èi
藤河サン
発音ガトッテモ
上手!
ハーフということは
黙ってたくさん褒められ
勉強のテンションを
上げる作戦
ヘヘっ
この間のレッスン
時間変更ありがとう
ございます
体調
ダイジョウブ?
元気なんですけど
大きい病気をした後で
まだ安定しなくて…
これからも
あるかも…
病気?
ドコカ悪イ?
癌に
なっちゃって
もう治療は
終わったんですけど
えっ
ソウダッタン
デスカ!
実はコレ
ウィッグ
なんですよ
エッ
ホントダ!
全然
ワカラナカッタ!
びっくり
すぽっ
この3ケ月の教室通いが
いいリハビリになりました

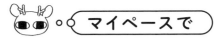

第2章

手術・治療前後の体の変化

お話が前後しますが

お付き合いください♡

赤面事件

嬉しかったこと

手術後の入院中
チュン
チュン
チチチ
なんでここにいるんだろう
シャッ
やっほ来たよ～
あっしょわさん！
頼まれてたスケッチブックコレでいいかな？
わかんなかったからいろいろ持って来たんだけど
好きなの選んで
Sketch Book
ありがと～!!
あとコレね！DVDプレイヤーとDVDね！
プレイヤーは当分使う予定ないからよかったら使ってよ
いいの？
うん～
オススメはね『マダガスカル2』！
ん？「2」？
「1」は??
「1」は持って来なかったんだよね～
ははっ
なんで？

病気以外のこと久しぶりに話して楽しかったよ
来てくれてありがとね〜
そう？こんなんでよかったらいつでも
お大事にね
あ…
私はもう帰る側じゃないんだな…
は〜〜あ？
だって
あっち側とこっち側って感じがその時したんだもん！
え〜ん
は〜〜あ？
（2かいめ）
くわっ
あのね〜それはお前が勝手にそう思っただけで続いてるの！
延長線上なの！
私だって明日病気になるかもしれないの！
わかる？あっち側もこっち側もないの！
あっ
あっ
あっ
まっ魔女〜〜っ
ぐりぐり
オーダーお願いします
ったくすーぐお前は湿っぽくなるな！

友達との電話

手術後の細胞診結果で
癌の種類も色々あって
悪性度を例えて言うならこそ泥みたいなものからゲリラみたいな性質のものまであるんですね
えっと…私の場合…
……
こちら側に近いと思います
種類だけではなく総合的に見ていきます
藤河さんは初期で見つかっているので
今日最終的な細胞診の結果が出たんだけど 癌の種類があんまり良くなくてね…
ちょっと怖くなったんだよね…
地元の友達 Iちゃんと電話
るりちゃんには長生きしてもらわないと困るよ
Iちゃん…
私がおばあさんになった時茶飲み友達がいなくなっちゃったらどうしたらいいの? すごく困るよ
そもそも手術は成功したんだしこれからちゃんと治療するんだから大丈夫!
そうだね!
『長生きしてもらわないと困るよ』
治療頑張ろう
まだSATCのカップケーキ食べてないしね!
そうだよ~

入院こぼれ話

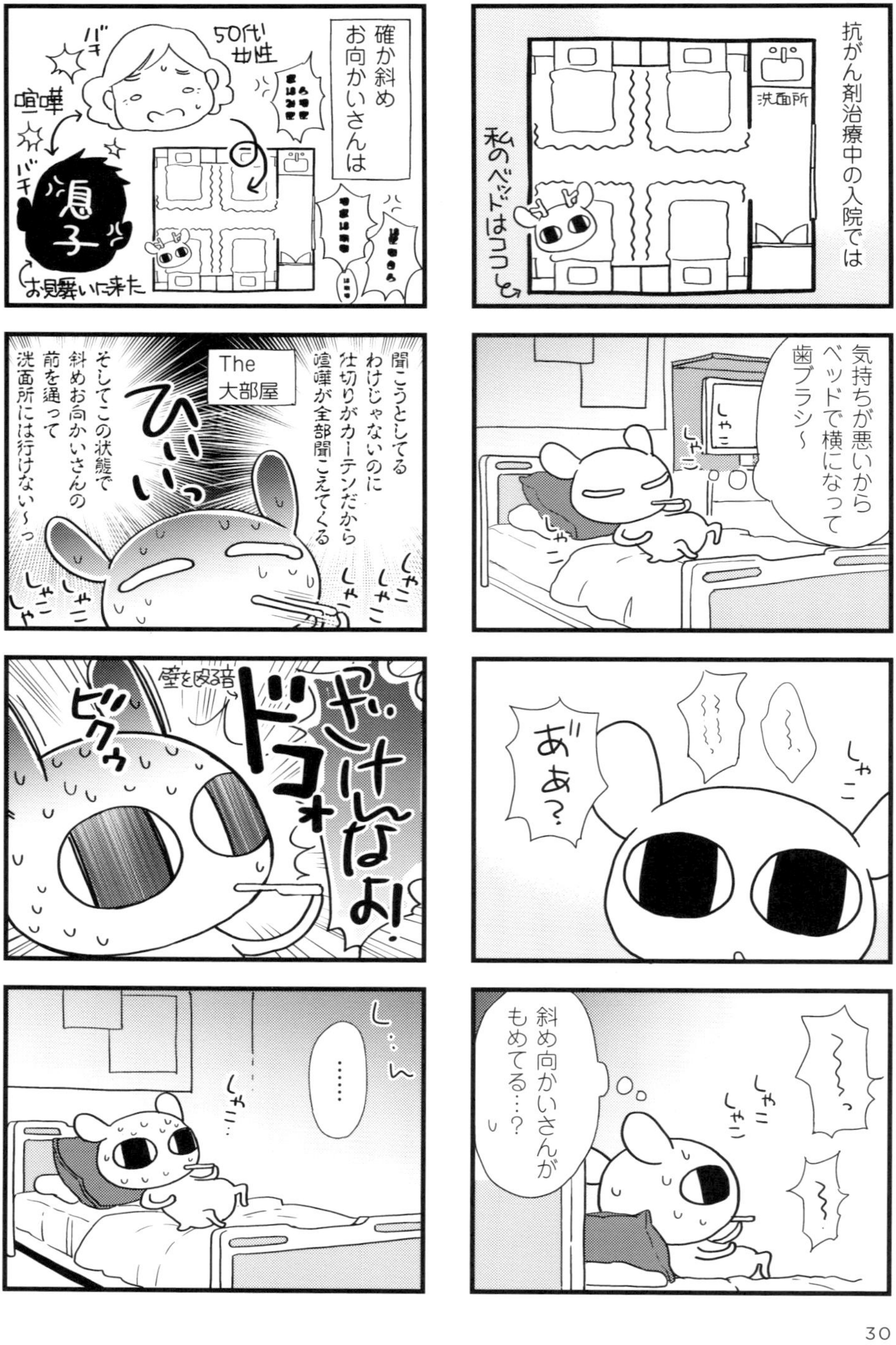
抗がん剤治療中の入院では
私のベッドはココ
洗面所
気持ちが悪いからベッドで横になって歯ブラシ～
しゃこ
しゃこ
しゃこ
ああ?
しゃこ
斜め向かいさんがもめてる…?
しゃこ
しゃこ
確か斜めお向かいさんは
50代女性
バチ
喧嘩
バチ
息子
お見舞いに来た
聞こうとしてるわけじゃないのに仕切りがカーテンだから喧嘩が全部聞こえてくる
The 大部屋
ひぃぃっ
そしてこの状態で斜めお向かいさんの前を通って洗面所には行けない～っ
しゃこ しゃこ しゃこ しゃこ しゃこ しゃ
ざけんなよ!
壁を殴る音
ドコォ
ビクゥ
し…ん
……
しゃこ…

column
01

入院生活中の気分転換

入院生活中は体力作りのために
屋上庭園などでよく散歩をしていました。
途中で体調が悪くなることもありましたが、
寝たきりだと体力も落ちますし
病室の同じ風景に飽きていた私にとっては
とてもいい気分転換になりました。
そんな時あってよかったものが、
熱中症&紫外線対策になる
“つばが広い折りたたためる帽子”です。
入院グッズのひとつにおススメですよ。

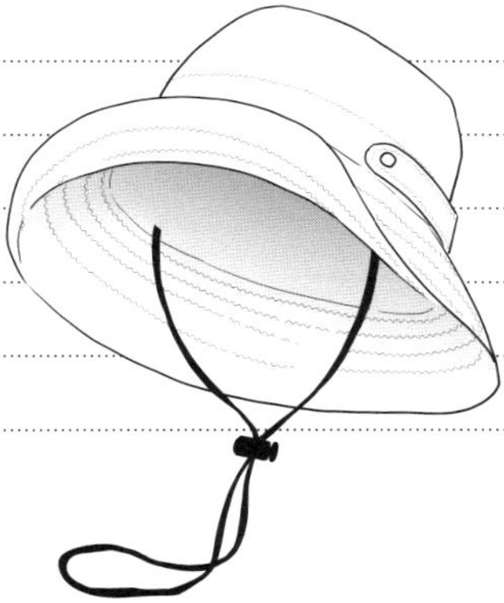

採血難民

抗がん剤治療中
血管細いですね～
うーん…
右腕のココからが一番取りやすいです！
自己申告
と繰り返し同じ場所で採血していたら
うーん…
血管硬くなっちゃいましたね
ぐにぐに
そこから
採血難民
右の別のところで
最終的には手の甲で
左で
大丈夫だったアルコール消毒で肌も赤くなる
あれ？
あまりに採血しにくいと
採血マスターが
奥から出てくる
お待たせしました
わー

ふとした疑問

抗がん剤の点滴注射中
若い先生だなぁ
ふと疑問がわいて
先生たちって注射の練習とかするんですか？
アルコール消毒がダメな人用の消毒に切り替えた
しますよ～
初めは研修医同士でやるんです
はは
研修医《ビギナー》同士で!?
(イメージ画像)
恐怖！
すごく痛いんじゃないですか!?
初めは本当に下手くそで痛いんですよ～
入りました～
だから患者さんの痛みわかります
ひぃ
さらに疑問がわいて
点滴の注射って若い先生が多い気がするんですけど研修医の先生のお仕事なんですか？
その時手があいてる人がやるので特に決まってるわけじゃないんですよ
あっそうなんですね～
たまに研修医より先生の方が良いっていう患者さんがいらっしゃるんですけど
2年目の冬が1番上手かった!!!
私の人生の中で一番上手だったのは研修医時代なんですよ！
あれは毎日回数をこなしてる方が上手なんで！
継続が力なんですね

白血球よ増えて

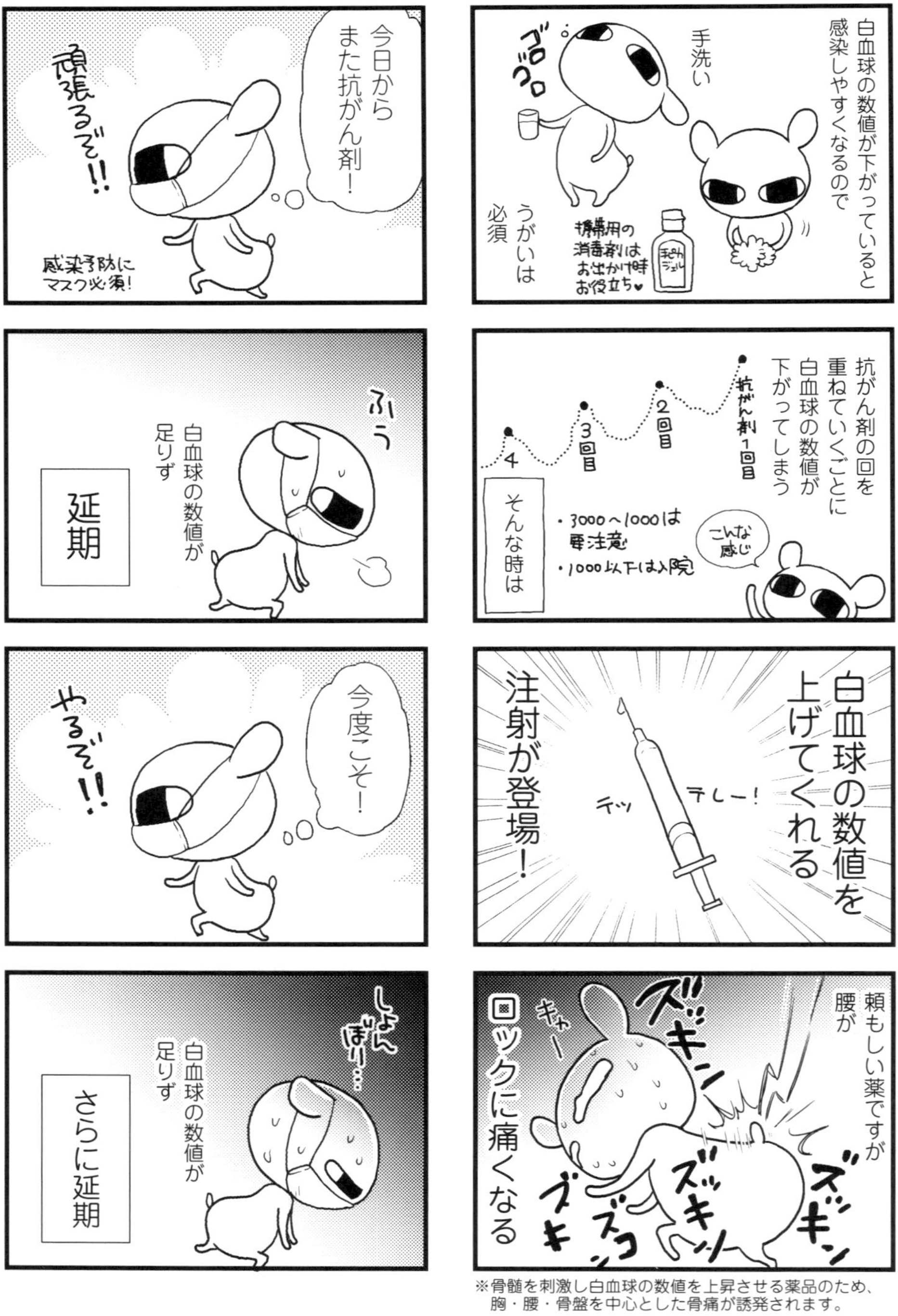
白血球の数値が下がっていると感染しやすくなるので
手洗い
ゴロゴロ
うがいは必須
携帯用の消毒剤はお出かけ時お役立ち♥
抗がん剤の回を重ねていくごとに白血球の数値が下がってしまう
抗がん剤1回目
2回目
3回目
4
そんな時は
・3000〜1000は要注意
・1000以下は入院
こんな感じ
白血球の数値を上げてくれる注射が登場!
テレー!
テッ
頼もしい薬ですが腰が
ズキン
キャー
ロックに痛くなる
ズキン
ズキン
ズコン
ズキ
今日からまた抗がん剤!
頑張るぞ!!
感染予防にマスク必須!
ふう
白血球の数値が足りず
延期
今度こそ!
やるぞ!!
しょんぼり…
白血球の数値が足りず
さらに延期

※骨髄を刺激し白血球の数値を上昇させる薬品のため、胸・腰・骨盤を中心とした骨痛が誘発されます。

白血球の数値が下がると

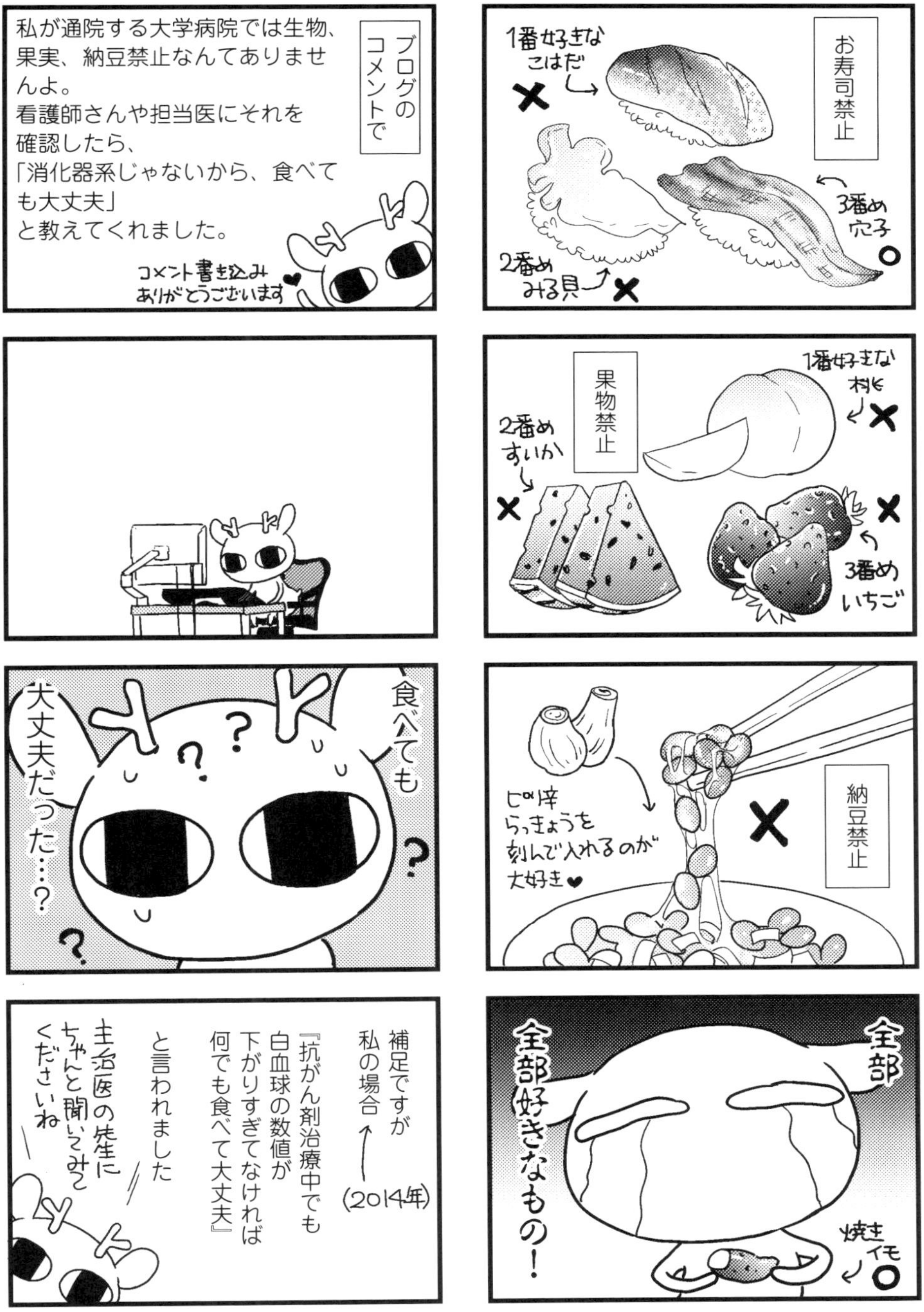

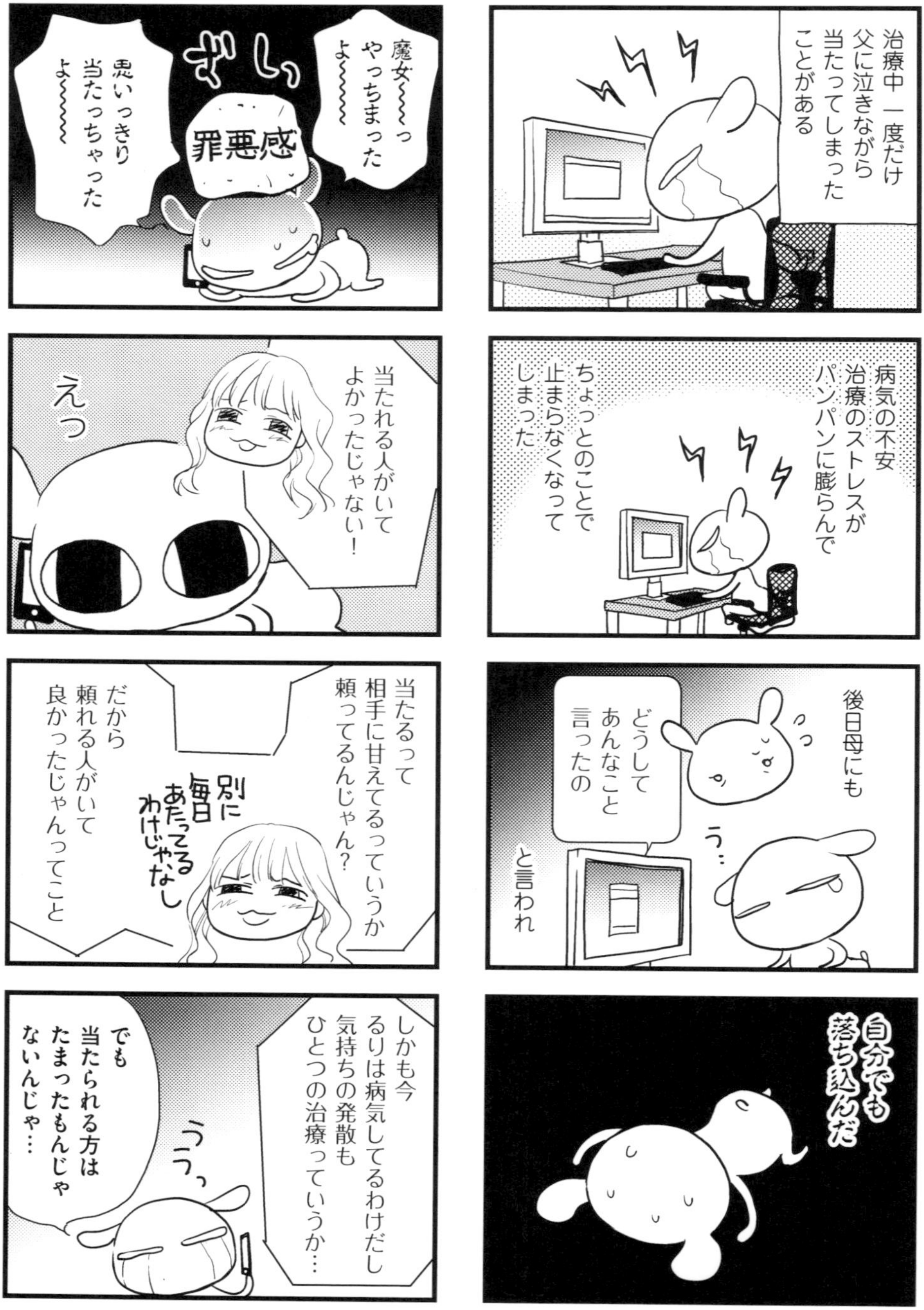
治療中 一度だけ
父に泣きながら
当たってしまった
ことがある
病気の不安
治療のストレスが
パンパンに膨らんで
ちょっとのことで
止まらなくなって
しまった
後日母にも
どうして
あんなこと
言ったの
と言われ
う…
自分でも落ち込んだ
魔女〜〜〜っ
やっちまった
よ〜〜〜〜
思いっきり
当たっちゃった
よ〜〜〜〜
ざしっ
罪悪感
えっ
当たれる人がいて
よかったじゃない！
当たるって
相手に甘えてるっていうか
頼ってるんじゃん？
別に毎日あたってるわけじゃないし
だから
頼れる人がいて
良かったじゃんってこと
しかも今
るりは病気してるわけだし
気持ちの発散も
ひとつの治療っていうか…
ううっ
でも
当たられる方は
たまったもんじゃ
ないんじゃ…

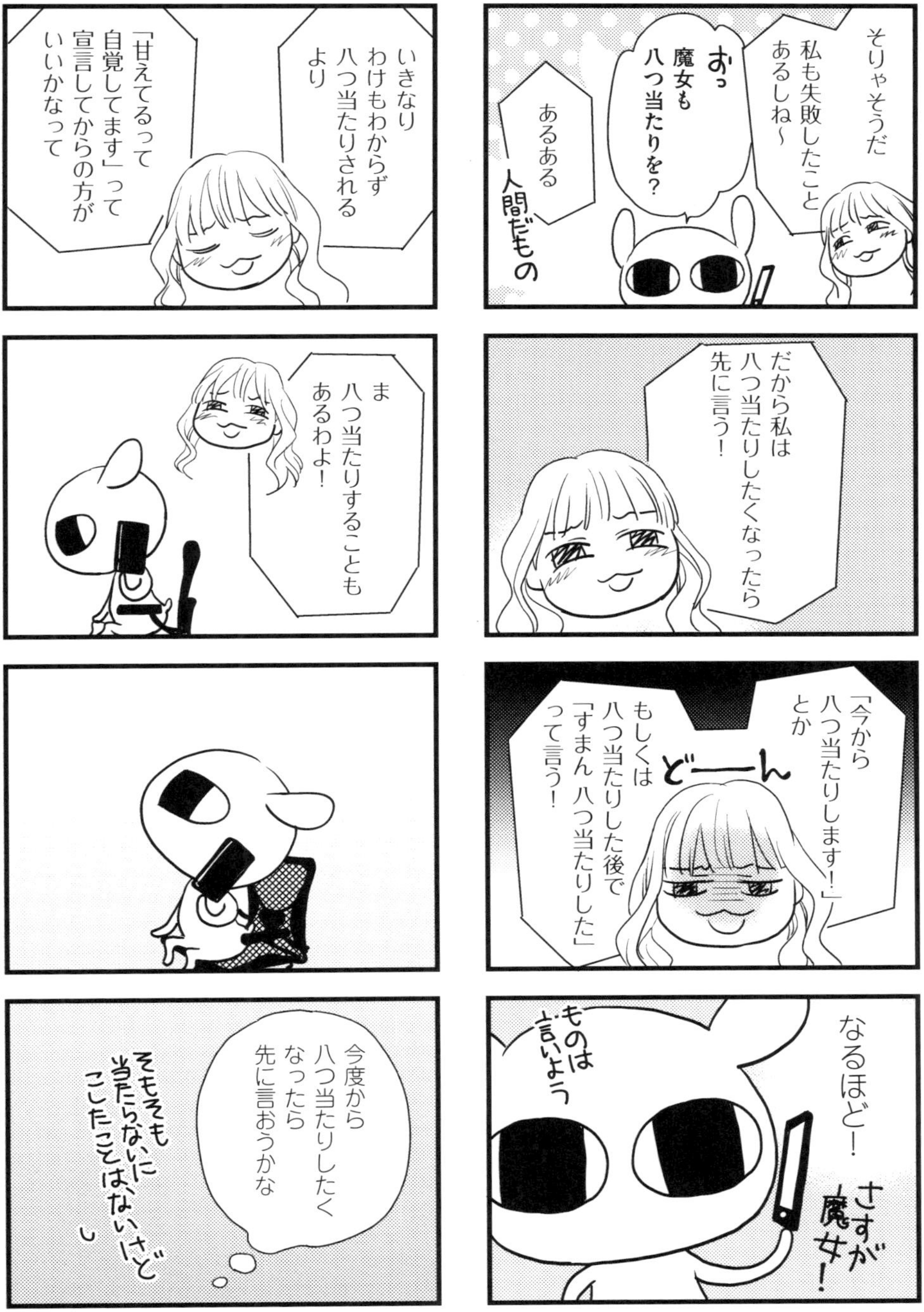
そりゃそうだ
私も失敗したこと
あるしね～
おっ
魔女も
八つ当たりを？
あるある
人間だもの
だから私は
八つ当たりしたくなったら
先に言う！
「今から
八つ当たりします！」
とか
もしくは
八つ当たりした後で
「すまん 八つ当たりした」
って言う！
ど――ん
なるほど！
ものは
言いよう
さすが
魔女！
いきなり
わけもわからず
八つ当たりされる
より
「甘えてるって
自覚してます」って
宣言してからの方が
いいかなって
ま
八つ当たりすることも
あるわよ！
今度から
八つ当たりしたく
なったら
先に言おうかな
そもそも
当たらないに
こしたことはないけど

治療は日々変化する

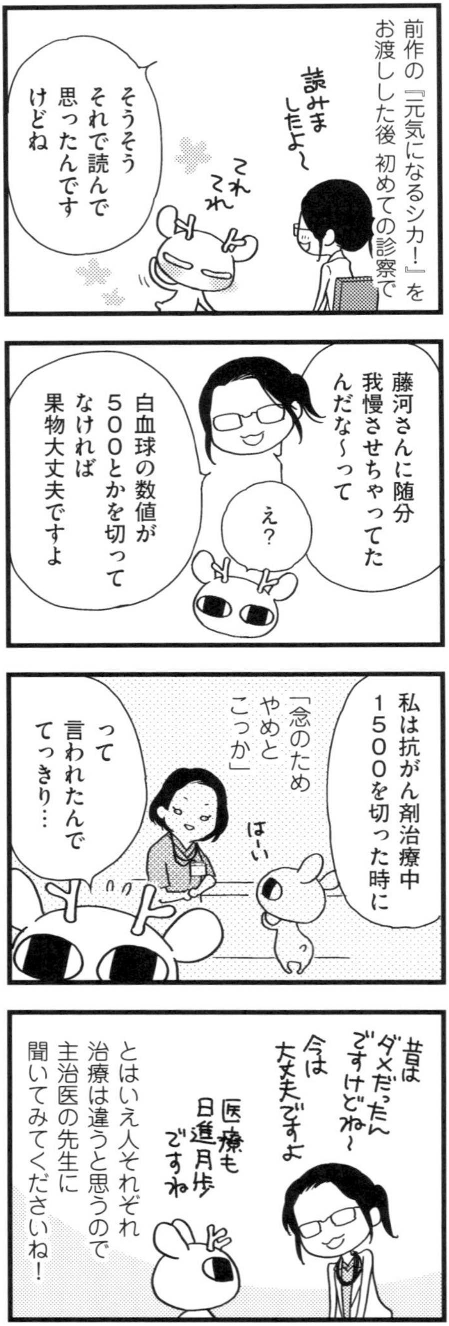

主治医の先生とお話しする時は、先生に伝わりやすい表現を心がけています。例えば「手術直後の痛みが10とするなら今は5ぐらいです」など具体的に数値で表してみたり“チクチク”“キリキリなど”のオノマトペも使ったりします。

気になった症状は忘れないようにメモ帳や携帯のカレンダー機能に書き込んで変化があった日にちを正確に伝えたり、スマホや携帯のカメラ機能で患部を撮影しておいて診察の時に見せたりもしました。

主治医の先生にお伝えする時におススメの方法ですよ。

初めての職質

抗がん剤の副作用が落ち着いた頃
魔女の家で遊んだ帰り道
楽しかった～
すっかり遅くなっちゃった
キコ キコ
キコ
足のむくみもあるから遊ぶの迷ったけど行ってよかったな
やっぱり気分転換大事～
すみません！
すっ
ん？
止まってください
キコ
ちょっとお時間いいですか？
職質
おまわりさん
ドキ
ははい
ハッ
女性の方？
はい
あっもしかして…
ドキ
その時の私 格好
坊主
蛍光オレンジのカーディガン
ジーンズ
サンダル
暗がりの遠目で見ると
男性に見えたのかな？
暗くて坊主だし
この紙袋は何が入ってますか？
ま…まん画です。
ドドて
ギクッ
BL本じゃなくて良かったです

お酒はOK

逆に抗がん剤治療で意外に思ったことは
お酒ですか？ほどほどなら飲んでもいいですよ
あっ
飲んでもいいんだ
てっきりダメかと
友達とご飯に行った時
お酒飲めないよね？
おっ
やっぱりそう思うよね～
飲めるよ大丈夫！
たくさんは飲めないけど
飲み屋で会ったお姉さんは
私今抗がん剤治療中なんですよ
実はウィッグなの
飲むのがストレス発散だから！
それにしても飲みすぎでは(笑)

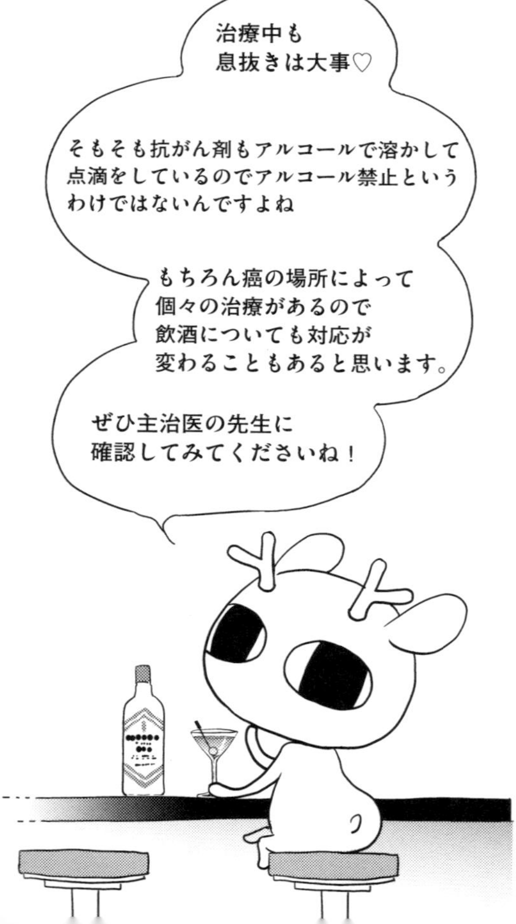
治療中も
息抜きは大事♡
そもそも抗がん剤もアルコールで溶かして点滴をしているのでアルコール禁止というわけではないんですよね
もちろん癌の場所によって個々の治療があるので飲酒についても対応が変わることもあると思います。
ぜひ主治医の先生に確認してみてくださいね！

恩師のメール

短大時代の恩師
M先生から
るりちゃ〜ん
酔うと
るりちゃん 飲んでる〜？
キャーッ
ブンブン
ブン
次の店
行くぞ〜
わーん
治療中
メールが届いた
特別なことは
なにも書いてない
内容
〝普通の会話〟に
肩の力を抜けられたし
るりちゃん
毎日暑いね！
体調はどうですか？
1ケ月に
1度という
ペースで届く
のんびりしたやり取りは
抗がん剤治療中で
体調の上がり下がりがある
私にはありがたかった
継続して
届くことにも
随分励まされた
そうか
特別なことを
言うことが
励ますことじゃ
ないんだなぁ
手術前の電話
僕の同級生がね
去年乳がんに
なっちゃって
治療頑張ってて
元気みたい
だからさ
るりちゃんも
絶対大丈夫だよ
経験した方の話は
勇気が出た
治療後
お祝いしてもらった時
そういえば
先生の同級生の
方は…
実は去年
亡くなったんだよ
え…
それって
私が治療する前の
ことになるよね
『治療頑張ってて
元気みたい
だからさ』
『るりちゃんも
絶対大丈夫だよ』
嘘ついて
くれたんだな

抗がん剤治療後の髪の毛

髪の毛だけじゃなく

書籍『元気になるシカ!』で描いた再発疑惑が出た頃
P141、第6章「再発疑惑とこれから」
実は裏話がありました
痛い
チリ チリ
チリ ズキ
ズキ
チリ
しこりがあるVラインのところが
歩くとチリチリする!
チリ チリ
ズキ ズキ
しばらくの間
この痛みとずっとお付き合い
大丈夫?
ズキ ズキ
チリ チリ
こんなに痛いってことはやっぱり再発なのかな
おいしい♥
痛みのせいで余計不安
ズキ
ズキ
しかし ふと
あれ?
これ下の毛が下着に擦れて痛いんじゃない?
抗がん剤後の毛って悪い毛が生えてくるって下の毛も同じなんじゃない!?
というわけでカット
痛みがなくなりました!
抗がん剤治療後の悪い毛は頭髪だけじゃなかった
カァァァ

体のあちこちで変化が

抗がん剤治療が終わると治療中に抜けたまつ毛が
おぉっ
生えてきた！
お久しぶりまつ毛！
しかし
以前の長さと比べると
Before
After
半分くらいの長さに
元に戻らなかったか～
ま 仕方ない
と思っていたら
つけまつければいいしね
その後短いまつげが抜け
元の長さのまつ毛が生えてきました
うふふ
抗がん剤治療の副作用のひとつに「爪の変形」というのがありました
変形?!
どんな風に変形するの？
ドキドキ
治療中は特に異変を感じなかったのですっかり忘れていたんですが
治療後
ん？
あれ？
ヒヅメが波打ってる～～っ
変形ってこれのこと?!
でもこれ抗がん剤が原因なのかな抗がん剤治療中食欲がなくて栄養が足りなかったからなのかな
どっち？
？？
いまだわからず

だいぶ伸びて…

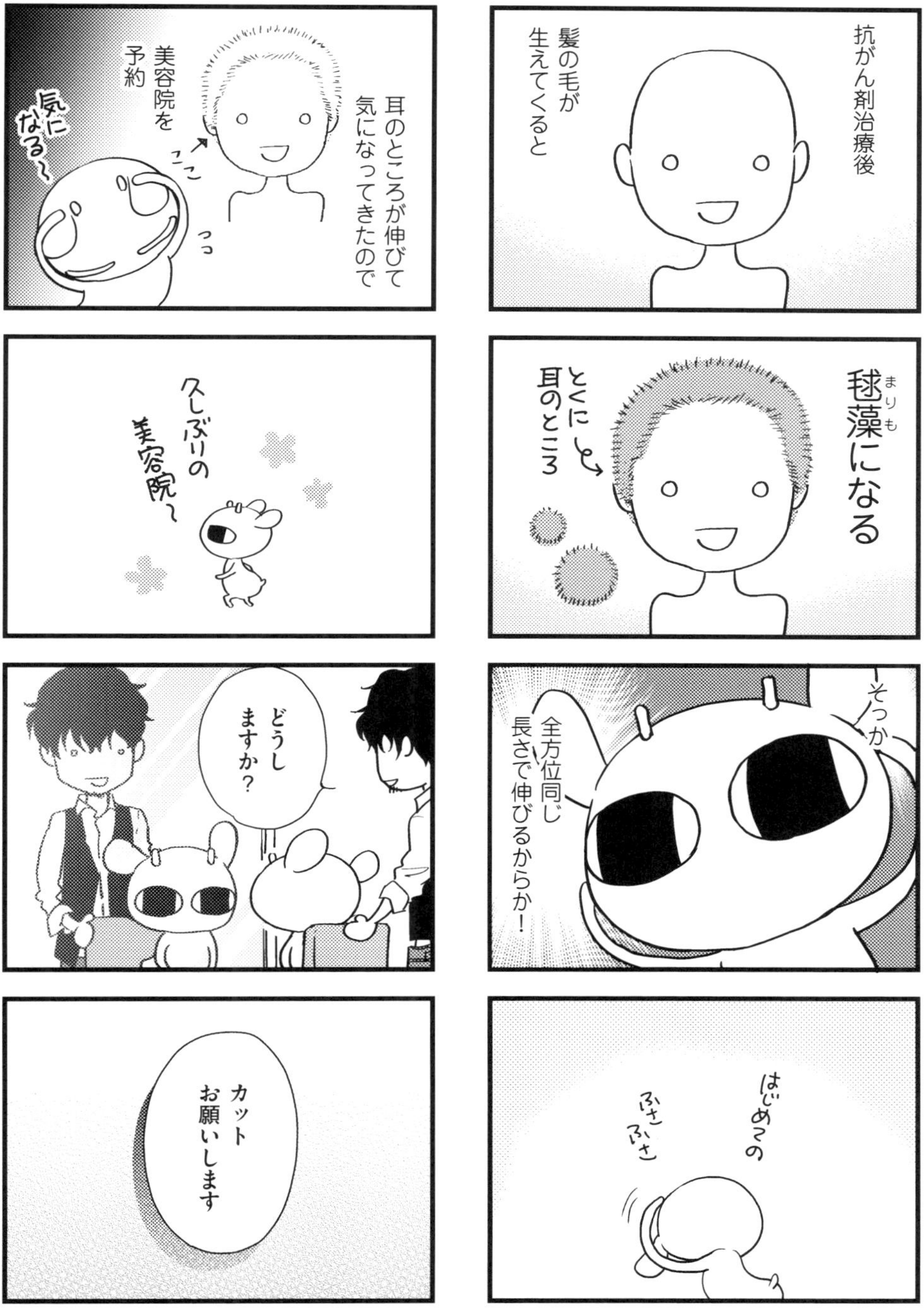

抗がん剤治療後
髪の毛が生えてくると
毬藻《まりも》になる
とくに耳のところ
そっか
全方位同じ長さで伸びるからか!
はじめての
ふさふさ
耳のところが伸びて気になってきたので
美容院を予約
気になる〜
久しぶりの美容院〜
どうしますか?
カット お願いします

変わったことと変わらないこと

まさかの悩み

あれは卵巣・子宮摘出手術から2週間経った頃のこと
退院してちょうど1週間後の朝ごはん
抗がん剤治療の前に歯医者行きたいから予約しなきゃ
ごちそうさま～
たら～
!!
え…
尿漏れ…？
しーーん…
……
たまたま
かな
と思ったものの
あっ
また
ウォーキング中
時々症状が出る
次の診察で主治医の先生に相談するしかないね…
くっ

診察で先生に伝えたところ
藤河さんの場合
卵巣のう腫が尿管をコの字型に巻き込んでいて
(断面図)
相当癒着していたんですよ
それで術中破綻せざるをえなかったって言ってましたね
書籍『元気になるシカ!』P51参照
手術中尿管を触っているのでどうしてもそういう症状が出る時あるんですよね…
なるほど
尿漏れを抑えるお薬もありますよ
お出ししましょうか?
……
様子見てもいいですか?
もうちょっと経過見て薬飲んでみたいってなったらその時でも…?
もちろんいいですよ
カラ カラ
ありがとうございましたー
ペコリ
カラ
先延ばしにしちゃった
やっぱりちょっと恥ずかしいって気持ちがあるんだよね…
まぁまだ手術したばっかりだし
だんだん良くなるかもしれないしね!

あっ
いつ症状が出るかわからない
カレーおいしかったね
ね～
あっ！
ビクッ
ん？どうした？
止まらない…っ
あわわわ
自分の意思とは関係なく流れてくるよ
たたたわ
手術の後遺症でたまにちょっと尿漏れしちゃって…
あっ
言わなくていいことを
あー そっか！
あわわ
それは大人になって初めての感覚
これは…
それでさ～
ふつうに流してくれてありがたい
とりあえず吸水パッド
わ～
いろいろあってどれなのかわからないよ
25cc？
50cc？
…
友達と一緒の時に…

※膣運動…正式名称は
「骨盤底筋肉トレーニング」

運動し始めてから
3ケ月経った頃
ハッ
最近症状の回数が減ってきた気がする！
1年後
ハッ
そういえば最近尿漏れしてないな
すっかり忘れてた
運動したのが良かったのか
それとも運動しなくても自然と治っていたのか
わからないけど
どのみち加齢でやってくる症状なんだから
運動は続けよう
キュッ
キュッ
キュ

後日
皆これからあることよ
ブログの漫画読んだけど尿漏れごときで恥ずかしがらないでほしいわよね〜〜〜
そうそう
いいお友達♡

卵巣摘出の影響

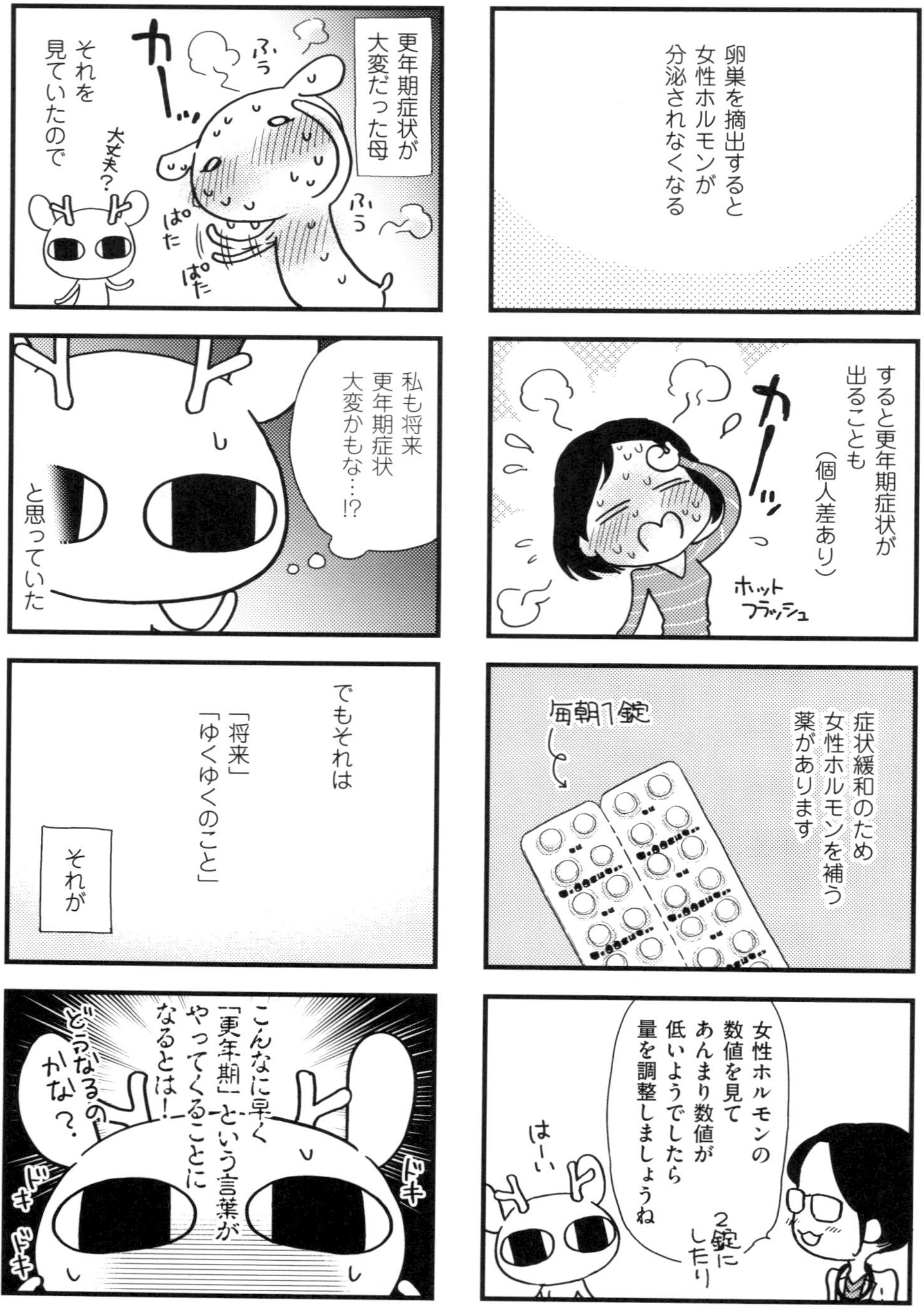
卵巣を摘出すると
女性ホルモンが
分泌されなくなる
すると更年期症状が
出ることも
(個人差あり)
カーッ
ホットフラッシュ
症状緩和のため
女性ホルモンを補う
薬があります
毎朝1錠
女性ホルモンの
数値を見て
あんまり数値が
低いようでしたら
量を調整しましょうね
2錠にしたり
はーい
更年期症状が
大変だった母
カーッ
ふぅ
ふぅ
ぱた ぱた
大丈夫?
それを
見ていたので
私も将来
更年期症状
大変かもな…!?
と思っていた
でもそれは
「将来」
「ゆくゆくのこと」
それが
こんなに早く
「更年期」という言葉が
やってくることに
なるとは!
どうなるのかな?
ドキ
ドキ ドキ

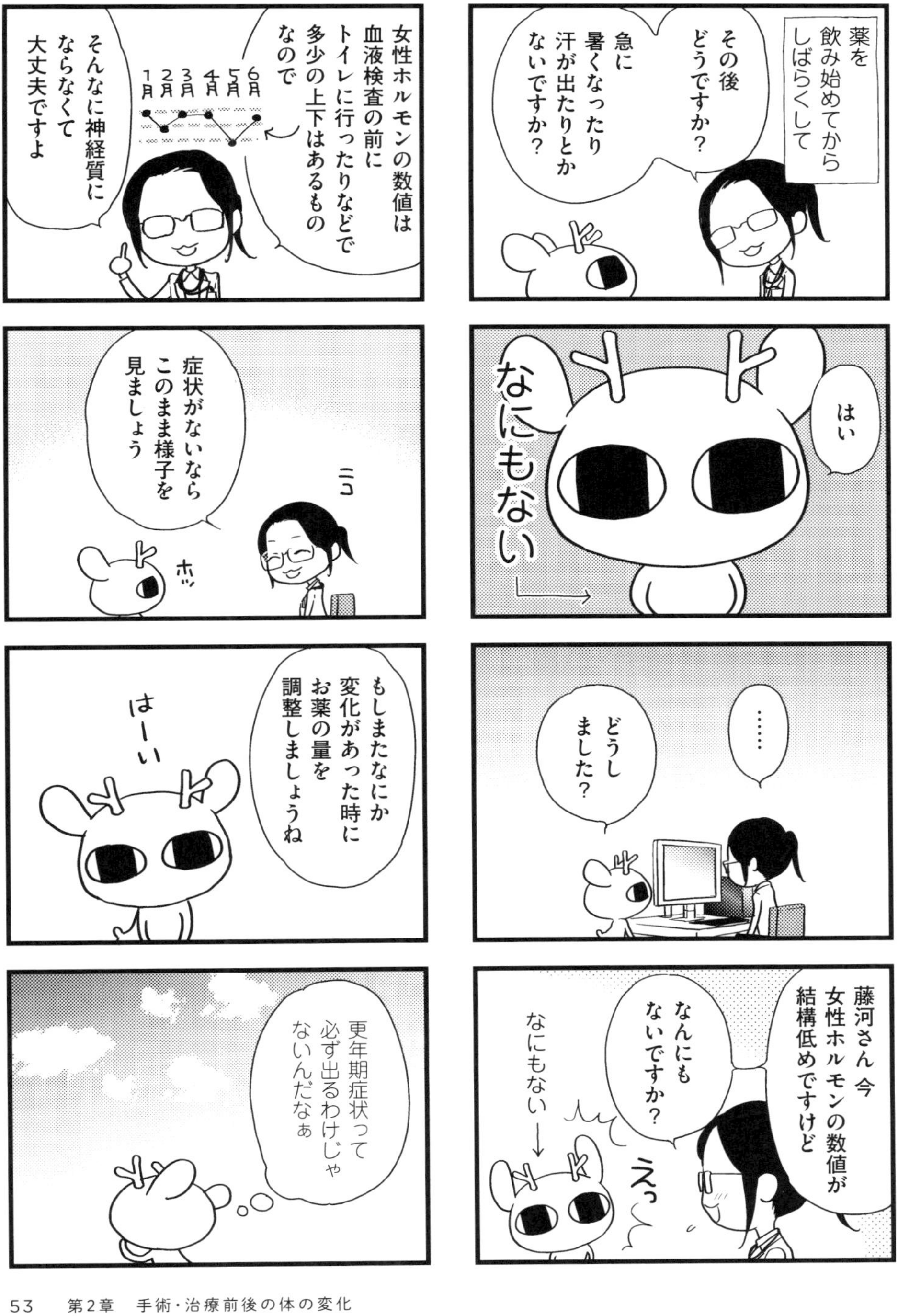
薬を飲み始めてからしばらくして
その後どうですか？
急に暑くなったり汗が出たりとかないですか？
はい
なにもない
……
どうしました？
藤河さん今女性ホルモンの数値が結構低めですけど
なんにもないですか？
なにもない
えっ
女性ホルモンの数値は血液検査の前にトイレに行ったりなどで多少の上下はあるものなので
1月 2月 3月 4月 5月 6月
そんなに神経質にならなくて大丈夫ですよ
症状がないならこのまま様子を見ましょう
ニコ
ホッ
もしまたなにか変化があった時にお薬の量を調整しましょうね
はーい
更年期症状って必ず出るわけじゃないんだなぁ

ホルモン剤は毎朝 食後に1錠
飲み始めた頃はつい
あっ 飲み忘れた!
もう夕方だよぅ
1日くらい飲み忘れても大丈夫ですよ~
ちゃんと飲むにこしたことはありませんけど
自分のうっかりに困っていたところ
ラジオで
毎日の朝食に準備する食品が決まっているならトレイにひとまとめにしておけば
冷蔵庫から一度で取り出すことができますよ
つくだに
朝食
納豆
ふりかけ
(例)
ほー便利そう
私もやってみようかなぁ
!!
薬と朝ごはんを別々のところに置いておくから飲み忘れるんじゃない!?
冷蔵庫に薬
棚に朝食
玄米フレーク
薬と朝ごはんを同じトレイに入れておけば朝 必ず食卓に一緒に出すことになるから
飲み忘れしないいんじゃない!?
ココア
朝食トレイの中に薬を入れておこう
いそいそ
それ以来飲み忘れがなくなりました♡

こんなところで症状が？

後で先生に聞いたところ抗がん剤治療の影響とのこと

予想外の効果

私は結構酷い
花粉症持ち
なのですが
なぜか
手術した年の
花粉症は
とても楽だった
翌年
ぢーん
ズビビビ
ズビビ
あれは
なんだったん
だろう!?
手術で体が
いっぱい
いっぱい
だったの!?
それとも
病棟内
だったから!?
!? !?
!?
シュ
とはいえ実は
花粉症の症状が
だいぶ
楽になりました
治療前
12月の
後半から
症状が出て
5月くらい
まで
ぐしゅぐしゅ
鼻水が滝のよう
つらい…
治療後
3月から
症状が出て
4月の
中盤には
治まる
ぢーーん
いい天気～
何でですか!?
真剣
花粉症持ちの担当さん～
どうしてですか!?
うーん
わからないけど
大病して
生活改善した
からですかね
ヨーグルト毎日
夜寝る生活
毎日のウォーキング
えへっ
思わぬ効果がありました

闘病中の言葉について考える

column 02

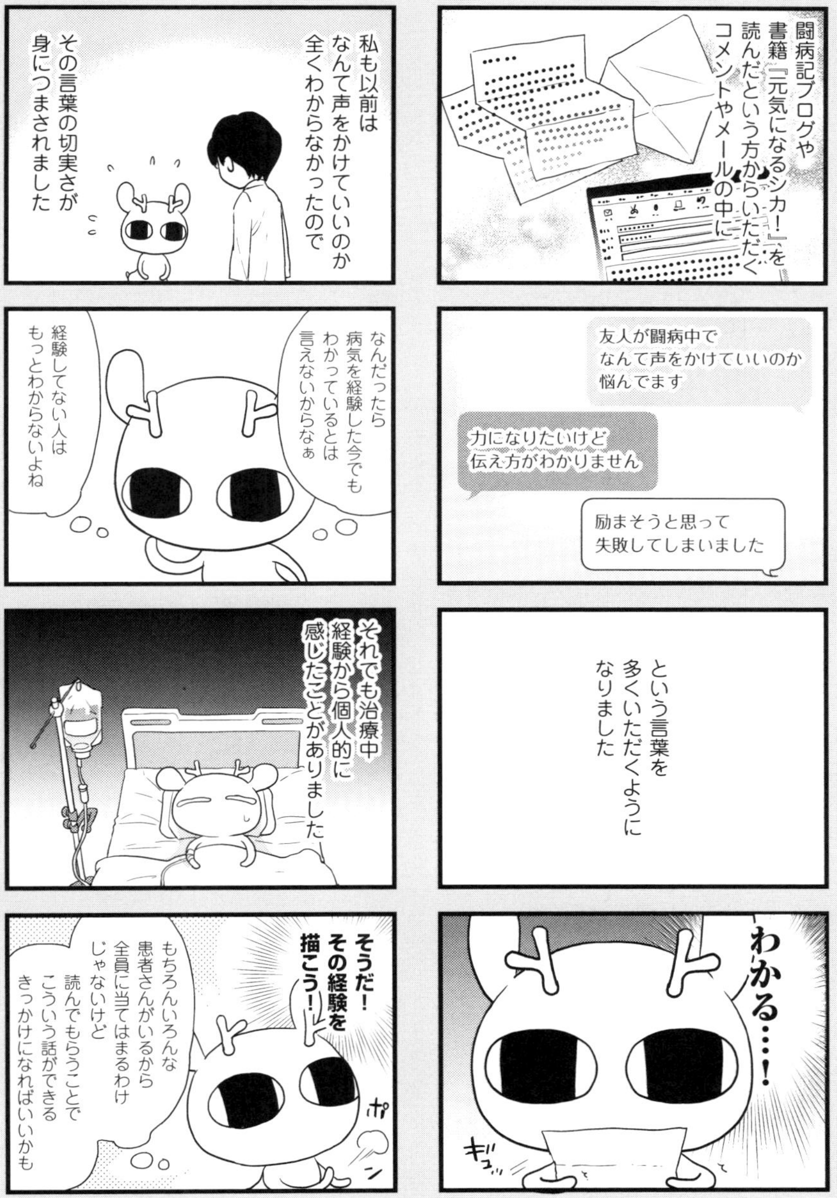

というわけで治療中
私が実際に経験して
感じたことをこれから
描きますが
ここに出てくる人は
みんな善意で
言ってくれてて
しかも優しい人
ばかりなんです
それを
踏まえた上で
読んでくださいね
特定の誰かを
批判したいのではなく
お互いの気持ちを知る
機会にちょっとでも
なれたら嬉しいです
お手紙で
私も癌を経験しました。
私は手術だけで、
抗がん剤は
やらずにすんだので
ラッキーでした。
ガーン
ラッキーじゃない
私って…
アン
ラッキー!!
そんな風に
受け取っちゃう
自分がイヤ…
思いやりを
ネガティブに捉えて
しまうことも
せっかくの思いやりのお手紙
私も癌を経験しました。
私は手術だけで、
抗がん剤は
やらなかったのですが
大変だと聞きます。
主体を相手にしてみる
と伝わりやすいかもしれません

これ…ね
そういうんじゃ
なんだけどさ…
良い死と出会う
気が向いたら
読んでみてよ
良い本だからさ
まだがんも受け入れられてないのに
あり…がと…?
私の病気を知って
彼女なりに
動揺したんだな
考えすぎて一周まわって
選んじゃったんだろうな
でも今
この本
すごく怖い
治療中に死生観に
関する本を渡すのは
とても難しいと思うので
本を差し入れたい時は
先に聞く
という手も
ありだと思います
なにか
読みたい本
とかある?
ご近所さん
これから
病院?
はい
大変だなぁ
そういえば
俺の同級生もさ
元気だったんだけど
癌になったたって言ってて
先月コロッと
死んじゃったんだよ~
私も
コロッと…?
治療中は同じ病気で
亡くなった方の話には
動揺してしまうかも
しれません
あえてその話題は出さず
普段通り
いって
らっしゃい
いってきまーす
の時が嬉しかったです

抗がん剤治療終わったんですね
はい
よかったですね！
再発しませんように
ドッキーーン
再発
すっかり忘れてたけど
例えば試験を受ける時
「試験落ちませんように」
より
「試験受かりますように」
の方が嬉しいですよね
病気の今後についてふれるのは避けて
これからも体を大事にしてね
ありがとう
と気持ちを伝えてみるのはいかがでしょうか？

もちろん患者さんの性格・症状
言う人との関係性などあるので
ここに描いた例がすべてに当て
はまるわけではありません
私もそう 私は違う
などの考えるきっかけに
なれば嬉しいです

かけてしまった言葉で反省したこともあります
久しぶりの友達と3人でメール
今 お婆ちゃんが病気になっちゃって本当に大変でさ
N美
大変って…治療中の私に言わなくても
そんな風に言わなくてもいいじゃん病気はなりたくてなるわけじゃないんだし
ピリ
ピリ
え 別に今のはるりのこと言ってるわけじゃないじゃん
S穂
たしかにそのとおり
ぱたっ
たしかに…
別にN美は私のことを言ってるわけじゃないし
ただ状況を話しただけなのに…
うう…
最近治療がしんどくてピリピリしてたんだな〜
悪いこと言っちゃったよ
当たっちゃってごめんね
トン
なでなで

後日
「頑張って」って言っていいのかわからなくてさ
N美
あの時ちょうどお婆ちゃんの看病で毎日病院通いしてたから
大変なのはるりだけじゃないよって励まそうと思ったんだよ
そうだったのか
気を遣ってくれたんだね ごめんよ
人にはいろんな事情があるよね
その後
実は友達が癌になって… なんて声をかければいいのかわからないんだけど…
と聞かれるようになり…
そうだよね～
私も癌になる前はわからなかったもんなぁ
受け手の患者の気持ちも性格だったり体調だったりで変化する
うーん…
癌になってもわからないことも全然あるしね
ぬっ
じゃぁ私はどうなんの？

ま
まじょ…
確かに…！
癌じゃね？
癌だよ
癌 癌
ガーン
言葉
ひとつだけとると
酷いこともあったね
花見
来る？
大丈夫
大丈夫！
治療が終わったら
おいしいもの
食べに行こ
元気出せ
治るもんも
治らないわよ
ぽん
うーうん
言葉という
点と点だけじゃなく
その人との
付き合いという
線で見ると
言葉の持つ意味も
変わってくる
ういっく
なんだかんだ
付き合ってくれて
感謝してる…！
あら

column 03

お役立ち

経験者85名が選んだ

入院グッズランキング

※ブログでアンケートを取りました

1位（19票）S字フック

バッグやビニール袋などをサイドテーブルに引っ掛けられて便利との声多数！
引っ掛けるパイプの太さは要確認です。

2位（14票）ウェットティッシュ

片手で取り出せるタイプがなおベスト。

3位（11票）

ミニバッグ

エコバッグ
バッグインバッグ
ちょっとした移動や机の小物をまとめるのにお役立ち。

バスタオル フェイスタオル

お風呂用、
枕、足枕
ひざ掛けなど
使い方色々。

ふりかけ

病院食の
救世主！
ご飯のおともに。

※塩分制限など
ある場合も。
要確認。

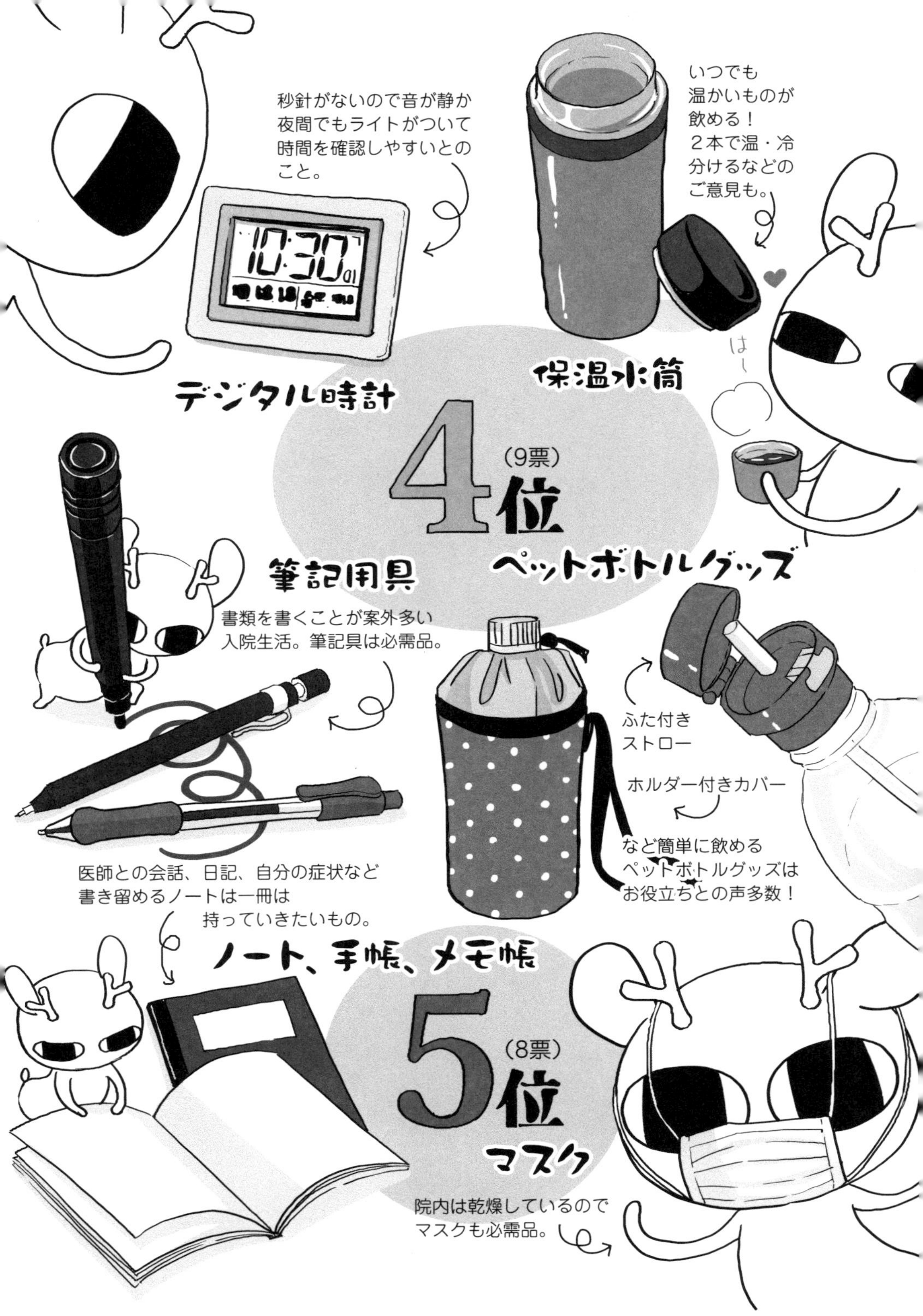
4位（9票）
デジタル時計
秒針がないので音が静か
夜間でもライトがついて
時間を確認しやすいとのこと。
10:30
保温水筒
いつでも
温かいものが
飲める！
２本で温・冷
分けるなどの
ご意見も。
はー
筆記用具
書類を書くことが案外多い
入院生活。筆記具は必需品。
ペットボトルグッズ
ふた付き
ストロー
ホルダー付きカバー
など簡単に飲める
ペットボトルグッズは
お役立ちとの声多数！
5位（8票）
ノート、手帳、メモ帳
医師との会話、日記、自分の症状など
書き留めるノートは一冊は
持っていきたいもの。
マスク
院内は乾燥しているので
マスクも必需品。

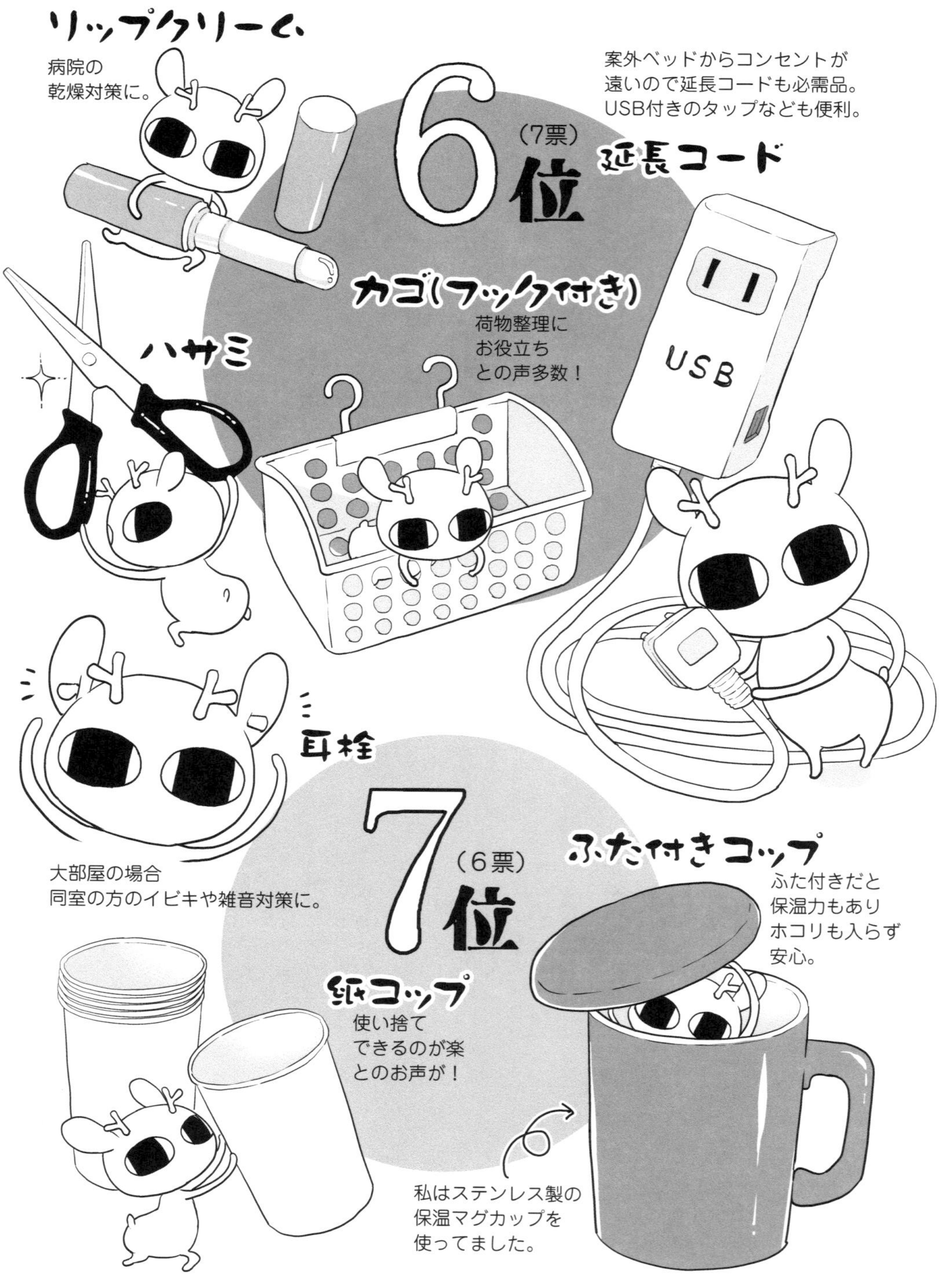
6位
（7票）
延長コード
案外ベッドからコンセントが
遠いので延長コードも必需品。
USB付きのタップなども便利。
USB
リップクリーム
病院の
乾燥対策に。
カゴ（フック付き）
荷物整理に
お役立ち
との声多数！
ハサミ
耳栓
大部屋の場合
同室の方のイビキや雑音対策に。
7位
（6票）
ふた付きコップ
ふた付きだと
保温力もあり
ホコリも入らず
安心。
紙コップ
使い捨て
できるのが楽
とのお声が！
私はステンレス製の
保温マグカップを
使ってました。

番外編

ランキング外だけど
個人的になるほど納得！ とってもいいなぁ！
と思ったアイテムたちをまとめました。

イヤホン

病院の売店で売っているものは
コードが長いけど片耳の場合も。
要確認。

クリアファイル

入院生活中、とにかく書類が多いので
ひとつにまとめておける
クリアファイルは便利！

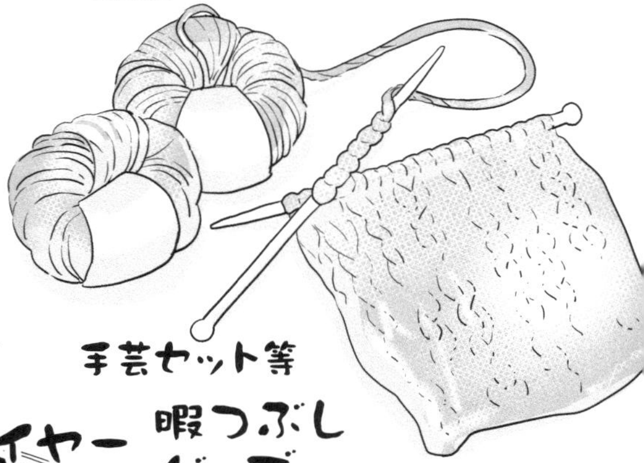

手芸セット等

暇つぶしグッズ

ポータブルDVDプレイヤー&DVD

患者さんによっては
目がチラつくことが
あるので要確認。

本、漫画、雑誌

私は積《つ》ん読《どく》だった漫画を
一気読みしました！

iPad

この漫画をブログに載せた時 何人かの方から
「入院中差し入れで嬉しかったものはなに？」
と聞かれました。

思い返してみて一番嬉しかったのは
「何かほしいものある？」
と聞いてきてくれた“言葉”でした。

個人の好みや体調・症状などあるので
聞いてきてくれたという心遣いが嬉し
かったです。

私がその時リクエストしたのは
とあるお店のレモンパイでした。
甘ずっぱくてさわやかでおいしかった思い出。

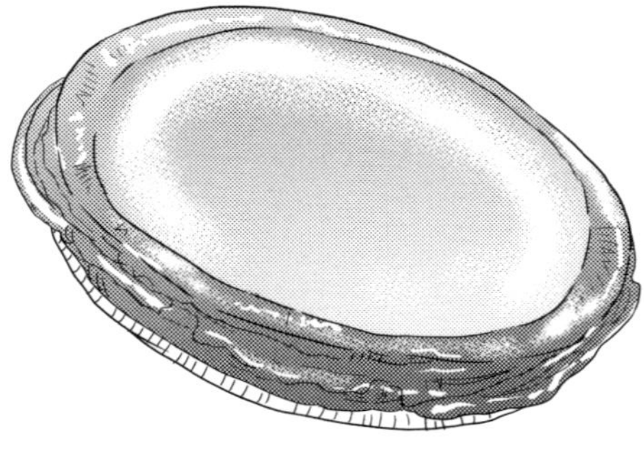

第3章

不安定な体

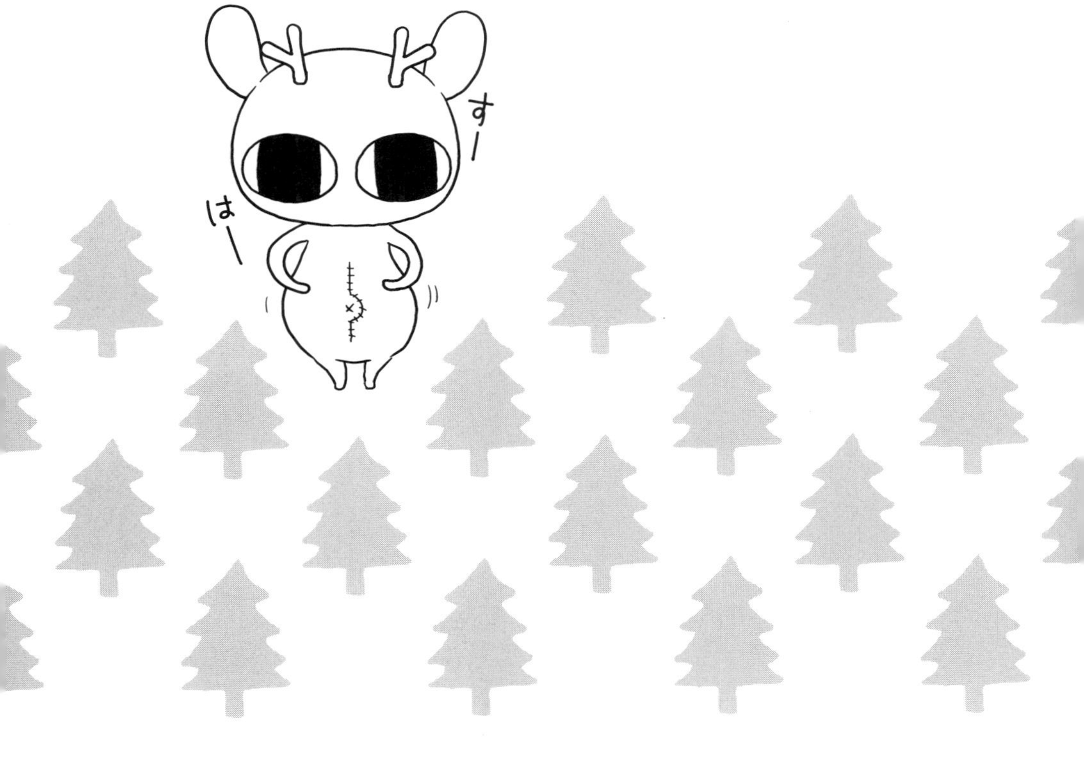

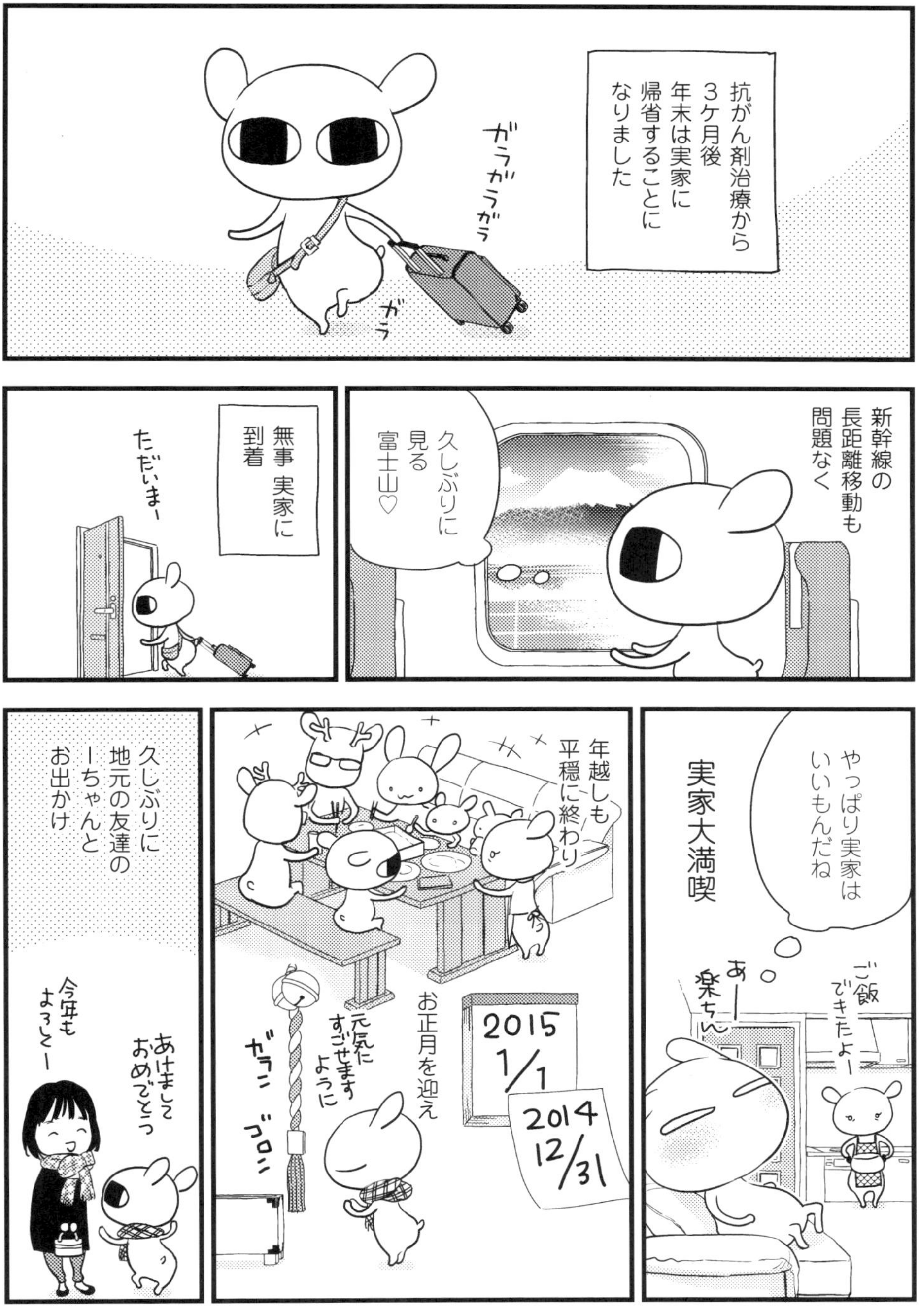

抗がん剤治療から
3ケ月後
年末は実家に
帰省することに
なりました
ガラガラガラガラ
ガラ
新幹線の
長距離移動も
問題なく
久しぶりに
見る
富士山♡
無事 実家に
到着
ただいまー
やっぱり実家は
いいもんだね
実家大満喫
ご飯
できたよー
あー
楽ちん
年越しも
平穏に終わり
お正月を迎え
元気に
すごせます
ように
2015
1/1
2014
12/31
久しぶりに
地元の友達の
Iちゃんと
お出かけ
あけまして
おめでとう
今年も
よろしくー

新春初売り
いざ！新春セールへ
Sold
Sale
うう…
治療中はお買い物あんまりできなかったから久しぶりのショッピングだよ～
うんうん
しかしこの日は
大寒波で
地面から
ブルッ
下から寒～い
ガタブル
カタ
カタ
極寒
今日は冷えるね
大丈夫？
うん！しっかり着込んできたし体調もいいから
それより買い物…
久しぶりの買い物…！
無理はしないでね
大丈夫大丈夫！
最近体調いいから！

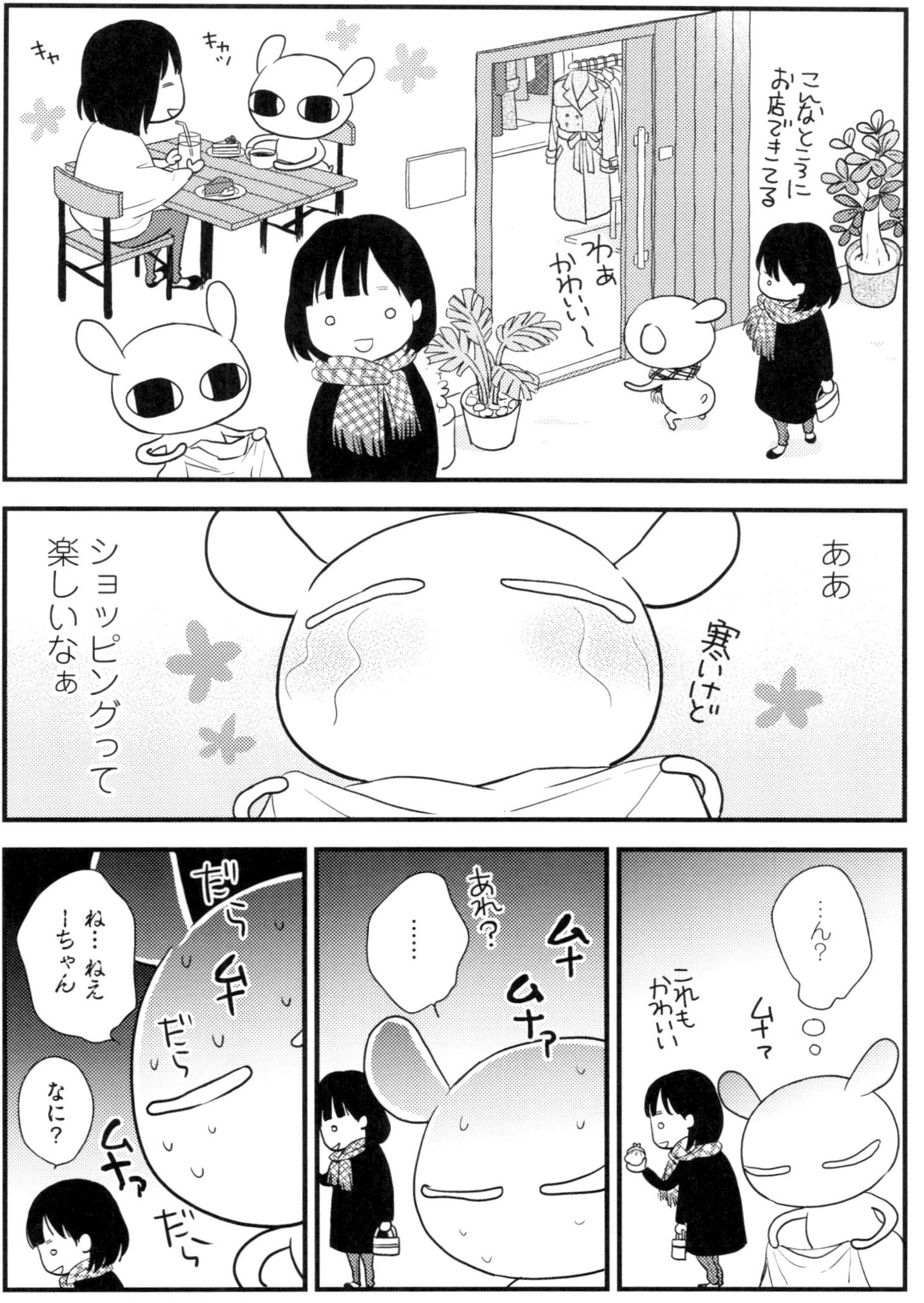
こんなところにお店できてる
わぁかわいい〜
キャッ
キャ
ああ
寒いけど
ショッピングって楽しいなぁ
…ん？
ムナァ
これもかわいい
ムナ
ムナァ
あれ？
……
だら
ムチ
だら
ね…ねえIちゃん
なに？
ムナァ
だら

ごめん
先に帰っても
いいかな？
えっ
あわわわ
ええっ!?
どうしたの？
大丈夫？
無理しないで
お腹が…
気持ち悪くて…
ムカァ
ムカ
ムカ
ムカ
ごめんね…
突然の
吐き気と腹痛で
大丈夫？
私のことは
いいからね
本当に
ごめん
買い物
強制終了

埋め合わせは今度必ず…！
いいからそんなこといいから！
本当にごめんね
うう…
すぐにタクシーで帰宅
TAXI
よろ
よろ
た…ただいま…
あれっ帰ってきたの?!
ズキ
ズキ
ズキ
暖かくしていったつもりだったけど冷えたのかな？
買い物するにはまだ早かったとか？
自分の体がどこまでやれるのか全然読めないなぁ
朝は元気だったんだけどなぁ

自分との付き合い方

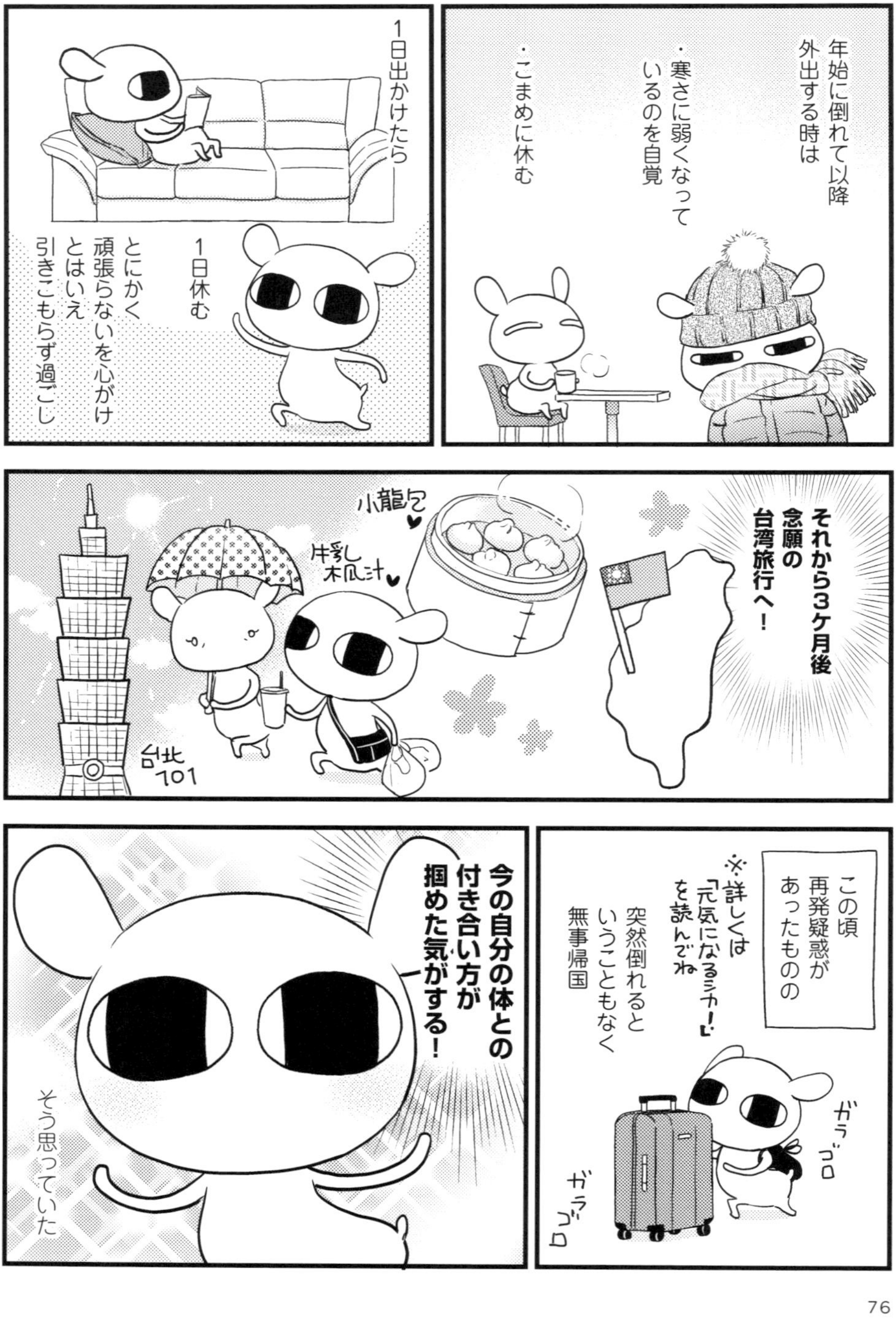

年始に倒れて以降
外出する時は
・寒さに弱くなっているのを自覚
・こまめに休む
1日出かけたら
1日休む
とにかく頑張らないを心がけ
とはいえ引きこもらず過ごし
それから3ケ月後
念願の台湾旅行へ！
小龍包
牛乳木瓜汁
台北101
この頃再発疑惑があったものの
※詳しくは「元気になるシカ！」を読んでね
突然倒れるということもなく無事帰国
ガラゴロ
ガラゴロ
今の自分の体との付き合い方が掴めた気がする！
そう思っていた

そんな ある日
るり先生 体調いいなら そろそろ どうですか？
延び延びに なっていた あの約束
あの約束とは…
少女漫画家 北川みゆき先生と お食事に行く 約束のこと！
せいせい するほど 愛してる 1
アシスタントさんだった 福田秀さんを介して
現在はデビューして 大活躍中！
北川先生と 交流させてもらっていた私
アシスタント先
キャー
北川先生
仕事がお互い 一段落《いちだんらく》したら ご飯食べましょう って北川先生が
いよいよ直接お会いしましょうというところで
キャーッ
癌発覚
もちろん延期
治療が終わったら お会いしましょうって 仰ってましたよ
う…
ありがとう ございます

その約束が叶って
ついにお会いできることに
ドキ
ドキ
き…
緊張する…!
ドキ
実は私
初めて自分のお小遣いで買った漫画が
北川みゆき先生の『レタスと剣』で
北川先生の絵をお手本にまねて描いたこともある子供時代
それがなぜBLに…
レタスと剣
北川先生は
私にとって憧れの
少女漫画家先生で
尊敬する大大先輩
ドキ
ドキ
ドキ
前日はしっかり寝て
体調はバッチリ
早めに
おやすみ
前回の反省も踏まえ
冷え対策も万全
まだ
ウィッグ
と
春先でまだ
肌寒いから
ストール
大人オシャレ
目指して
タイトスカート
ふふ

カッ
これ以上はないくらい準備は万全！
初めまして～
やっと会えましたね～♥
キャーー
楽しかったですーー
またあそびましょう
はいぜひ
今日は楽しかったですねー！先生
……
あれ？
先生？

吐き気と腹痛で
倒れそう(再び)
おぇぇぇ
また…
プル
プル
えっ
ここは雑貨屋
あわわ
うう…
どどど
どうしましょう
大丈夫
ですか?!
大丈夫じゃ
ない
タクシーで
帰ろう…かな
でも今車乗ったら
ヤバいかも…
わかりました!
ちょっと
お店の人に
聞いてみます!
福田さん
ありがとう……!

従業員用の仮眠室をお使いになられますか?
お店の方ありがとう…!
すみません
これ以上ないくらい気を付けてたのに
うう
またやっちゃった…
なんで…
前回気持ち悪くなった時もだったけど朝体調絶好調だったんだよなぁ
今日着てたのはタイトスカートでもそんなにきつくなかったのに腹圧かかってたのかな?
ちょっと休んでダメならタクシーで一番近いショウワさん家行こう
それとも緊張で?
もしかして両方?
手術から8ケ月経ったのに

まだまだ
お腹は回復途中で
不安定なんだな
気を付けてたら
大丈夫ってわけじゃ
ないんだね
その後1時間ほどで
気持ち悪さはなくなり
大丈夫ですか?
ありがとうございました
はい
顔色よくなりましたね
軽くご飯も
食べつつ
喫茶店で
休憩してから
電車で帰宅
その後
出かける時は
体調に合わせて
行動するように
なりました
ほんのり気持悪いな
電車に乗れるけど
ヘイ!タクシー
TAXI

column 04

体調急変時にできること

突然の体調の急変を経験して、
念のため緊急時連絡カードを自分で作り、
いつもお財布の中に入れて携帯するようになりました。
スマホのメディカルID機能は便利！
緊急連絡先、その他情報が入力できます。
病気をしていなくてもおススメの機能です。

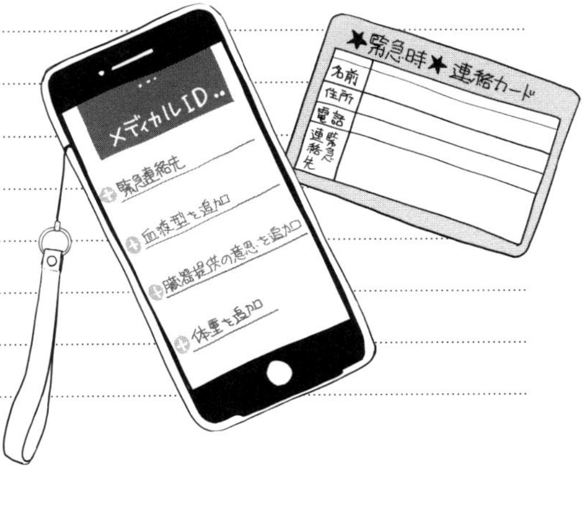

第4章

いよいよ仕事再開

にぎ
にぎ
抗がん剤の副作用の
指先の痺《しび》れ
ほとんどないの
ありがたいな
ペンタブレットも
治療中に練習したから
すっかり慣れたし
というわけで
抗がん剤治療から
半年後
いよいよ
お仕事を再開!
ううっ
でもまずは
半分のページ数から
32ページ
←
16ページ

いきなり32ページを描けるとは思えないし
突然体調が悪化するかもしれない
漫画家は朝から晩まで描けば描くほど基礎体力がなくなるお仕事
保険をかけておくのに越したことはない！
前倒しで仕事させてください すみません
いーいいですよ～（担当さん）
ダメ押し小心者
いつもより半分の仕事量
余裕のあるスケジュール
今までの人生でこんなにゆとりのある仕事をしたことがあったろうか！
いやない!!
オイ
カッ

カキ
カキ
カキ
カキ
カキ
ああ
漫画描くの楽しいなぁ！
ピロ
ピロ
ピロ
ピロ
ピロ
ハッ
休憩しなきゃ
ストップウォッチ止めてこと〜
足が重い…
手術の時
鼠径部《そけいぶ》のリンパ節を
切ってしまったため
すぐむくむ

45分描いたら
15分休憩
ぐっ
ぐっ
手術前だったらぶっ続けで仕事できたのになぁ
う〜ん…
ん?
でも
元気な時でも座りっぱなしはよくないよね
スクワット♥
1時間に1回は休憩した方がいいわけだし

しかも45分って区切った方が
カッ
だらだら原稿をやっていた時より集中できる！
病気をしてなくて元気だったとしてもやった方がいいわけで
治療以前は面倒でやらなかったことばっかり
「一《いち》病《びょう》息《そく》災《さい》」
ああっ
ってこれか〜〜
すごくわかる!!
原稿の進み具合どうですか？
まだです

一病息災…病気にかかっていない健康な人よりも、1つくらい病気をもっている人の方が健康に気を配るので、健康な人よりかえって長生きするということ

襲い来る痛み

半分のページ数からスタートしたお仕事も無事提出し
ヤッター!!
入稿した
UP完了
段々と仕事量を増やしていくことに
次の山は治療以前の6〜7割のページ数!
1本原稿が終わったら次のお仕事まで間隔を置く
体を休める期間をはさんでから
ふぅ
次のお仕事
うん
段々仕事することに体が慣れてきたなぁ
しかし予定は少しずつ詰まっていき

毎日連続で仕事をするように
ヤバい
のんびりやっていたら本当に締切がすぐそこに！
ハッ
毎日連続で仕事できてる！
おおっ
すごい…！
パァァァ
毎日仕事してると言っても1日の仕事量は以前より全然少ないんだけど
以前の
6割くらい
それでも毎日描けるくらい元気になったんだなぁ
というか
毎日やらないと原稿が終わらないだけなんだけど
うふふ
その頃から毎夜
ずうん…
カキ
カキ
カキ
ずうん
ずうん
……
ずうん
ずうん…

ずうん
う…
ずうん
足がむくんで重い！
ずうん
ずうん
ずうん
いやむしろ重いを通り越して
ずうん
痛い！
ずうん
ずうん
手術でリンパ節を切った時から足がむくむことは覚悟していたけど
ずうん
ずうん
仕事のノルマが～っ
もうちょっと
もうちょっと描かせて…！
ずうん

リンパ嚢胞…管状であるはずのリンパ管が膨らんで袋状になってしまったものが集まり、塊となったもの。

むくまない
わけじゃない
ずーうん
ずうん
ずうん
むくり
お風呂入って
マッサージしよう
〝むくみやすさは
付き合っていくもの〟
カポーン
〝一晩寝れば治る〟
わかってる
ぐいぐい
BODY OIL
わかってる
けど
地味に
しんどいなぁ

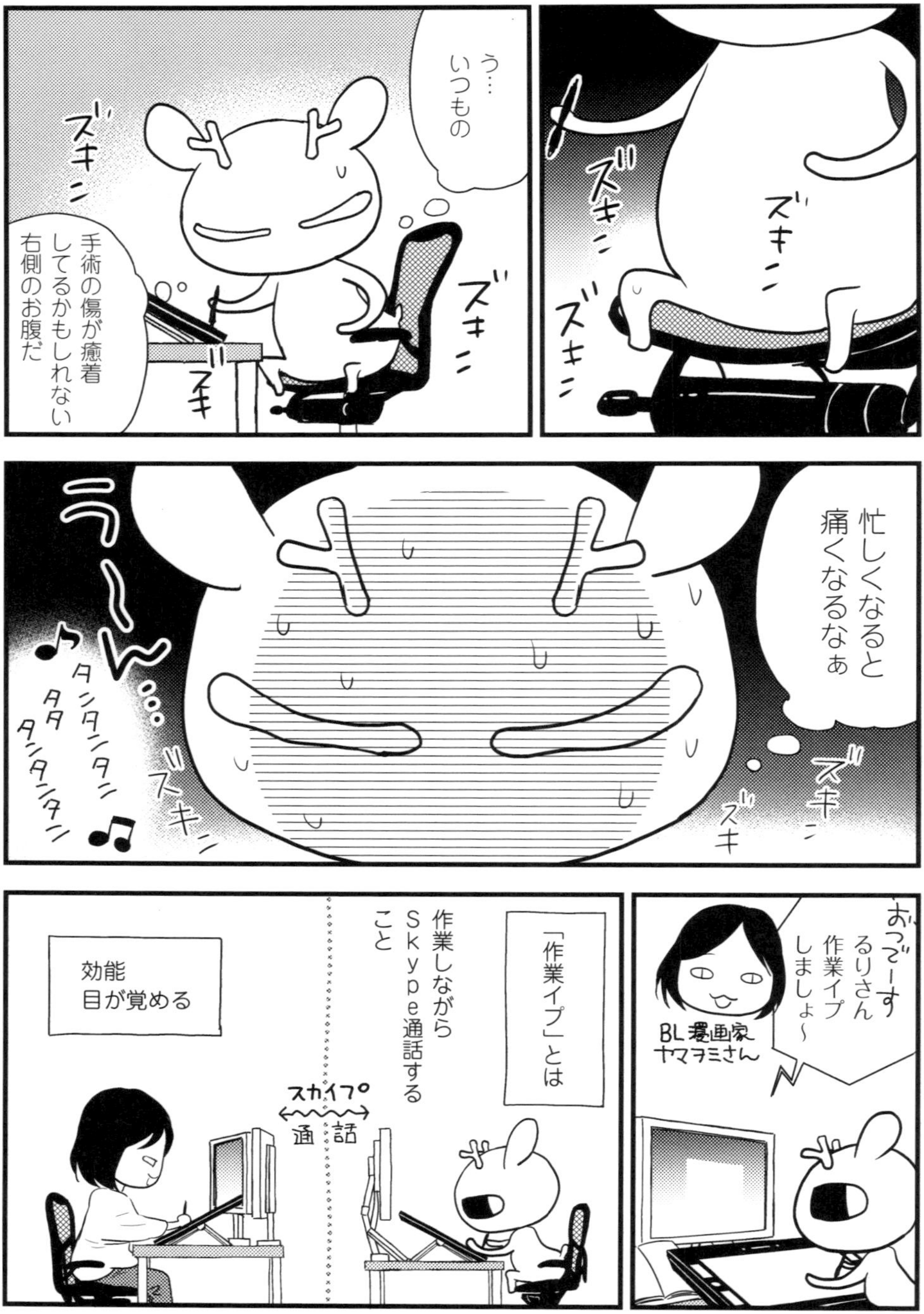
ズキン
ズキン
ズキン
ズキン
う…
いつもの
手術の傷が癒着してるかもしれない右側のお腹だ
ズキン
ズキン
ズキ
忙しくなると痛くなるなぁ
ズキズキ
う〜ん…
ズキン
タンタンタンタン
タタタンタンタン
おつでーす
るりさん作業イプしましょ〜
BL漫画家ヤマヲミさん
「作業イプ」とは
作業しながらSkype通話すること
スカイプ通話
効能
目が覚める

話してれば気が紛れるからちょうどよかった
ズキ
ズキ
ヤマヲミさんは今なんの作業してんの？
ペン入れです～
キャッ
キャ
1時間後
ん…？
ツキ…
いてて…
え？
ツキ
ツキ
いてててててて
え？
え？
大丈夫です⁉
ズキン
ズキ
ズキ
いてててててててててて
ズキン
わ～!!
大丈夫じゃないんですね⁉
ズキン
私どうしたらいいですか⁉
あわわ
ごごめん…大丈夫じゃないけど大丈夫
ズキ
ズキン

術後の痛みでどうこうなるもんじゃないんだけどね
ズキ
うう
ヨロ…
えっ
えっ
通話切るね ごめんね
あわわ
わかりました! お大事にです!
ズキ ズキ
ズキ
ズキン
ズキン
ズキ
ズキ
ずううん…
ずうん…
ずう…
腹痛かむくみ
どっちかにしてほしい
ずうん
ズキン
ズキ
ずううん
ずうん
ズキン
ズキ
治療後
働いている人って
どうしてるんだろう
外で働いてたら
もっと大変そう
だけど
ふーう
ふーう

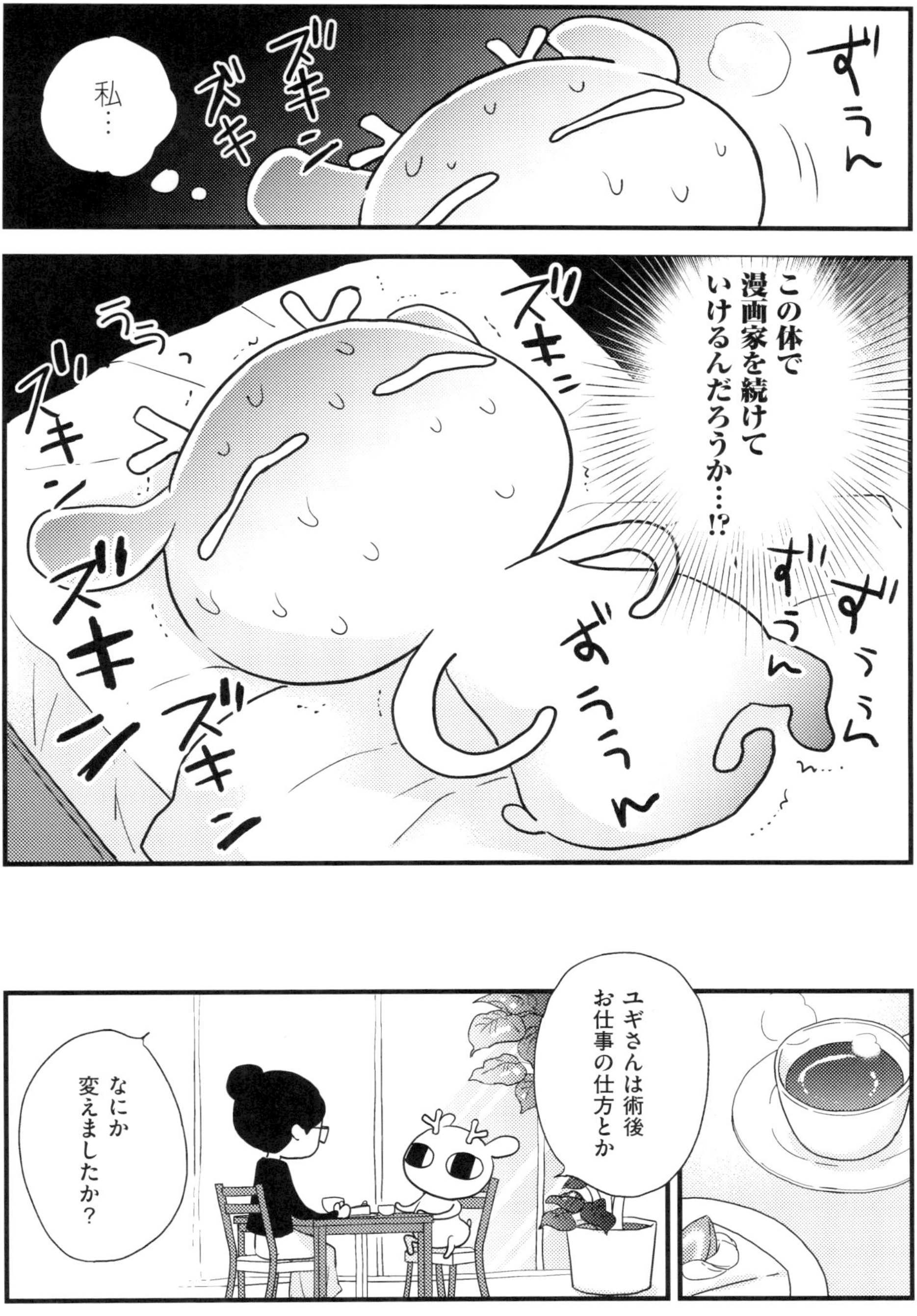
ずぅん
ズキンズキン
私…
この体で漫画家を続けていけるんだろうか…!?
ずぅぅん
ずぅん
ずぅぅん
ズキン
ズキンズキン
うぅっ
ズキン
ユギさんは術後お仕事の仕方とか
なにか変えましたか?

治療後はね
1日8時間以上は働かないって決めてやってるよ～
大腸がんを経験された山田ユギ先生
手術&約1年間の抗がん剤治療を経験された
なるほど…！
ずっと描いちゃいますもんね
前は1日中描いてたんだけどね
さすがにもうそのやり方はやめようって思ったの～
そうかぁ
〝働く時間〟かぁ
1日8時間だと私は描くのが遅いからなぁ
確実に描ける枚数が減るなぁ
とはいえ労働時間の意識は大事だよね
う〜〜ん
このケーキおいしいね♥
あのっ
実は私最近仕事復帰できて嬉しいんですけどね

実際やり始めたら足のむくみが夜になるとしんどくて
癒着《ゆちゃく》が理由だと思うんですけど
原稿修羅場《しゅらば》も佳境《かきょう》に入ってくると腹痛もあって
仕事の仕方とか考えちゃったんですよ
それは辛いね〜
私もね
痺《しび》れが残ってて寒いといまだに手足が痛くなるのよ〜
あ…
だから冷やさないように気を付けててね
治療が終わってもまぁなんだかんだあるよね〜
コーヒーおかわりもらおうかな
長く漫画を描きたいから無理しないって決めたの
すみません
そうそう
これこれ

これ…
この間出た新刊コミックス
わぁ
治療期間中休載されてた漫画の続刊が出たんですね
良かったですね！
本当良かったですね！
ありがとう
おめでとうございます
治療期間が長かったユギさんが
今漫画を描いてて
お休みしてた連載も再開して
コミックスが出る
すごいなぁ！
ずいぶん時間がかかっちゃったけど最終巻出せてとっても嬉しいっ
とっても元気に見えるけど
ユギさんも今の体と付き合いながらお仕事してるってことだなぁ

私もがんばろう
私も途中で止まっている連載漫画の続きを描いてコミックスにしたいな
ぎゅっ
今はまだしんどいけど
愚痴《ぐち》が出るようになるくらい元気になったわけで
焦ってもいいことないって治療中に思ったよね
あせらず
あせらず
休みながら

column 05

仕事中の痛みを和らげる方法

手術直後はゆったりめの腹圧のかからない服装をしていました。1年経って段々体調も落ち着いてきた頃、そろそろ余裕のあるタイトスカートならはいても大丈夫だろうと思ったのですが、座ると腹圧がかかってしまったようで気分が悪くなってしまいました。やっぱり術後しばらくは避けた方がいい服装のひとつですね。私は術後3年目ぐらいから問題なくはけるようになりました。

漫画を描く姿勢がどうしても前傾姿勢になってしまいそれが長時間続くので腹圧がかかりお腹が痛くなりやすいのかも、と主治医の先生から言われたので、現在は椅子に腰あてクッションをおいて骨盤を立たせるようにしています。腹痛予防もですが腰痛予防にもなって気に入ってます。

第5章

仕事との向き合い方

続けたいか続けたくないのか

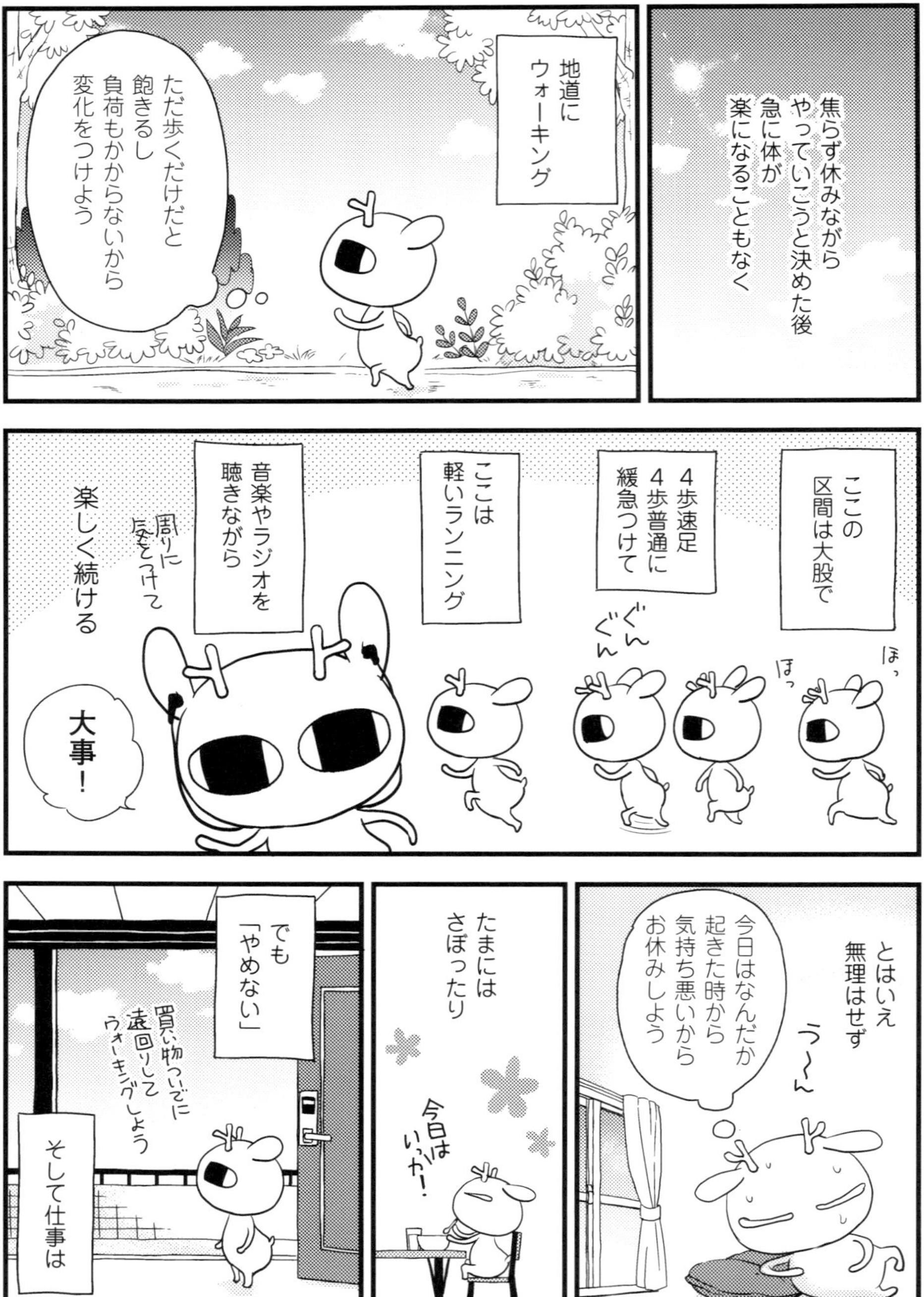

焦らず休みながら
やっていこうと決めた後
急に体が
楽になることもなく
地道に
ウォーキング
ただ歩くだけだと
飽きるし
負荷もかからないから
変化をつけよう
ここの
区間は大股で
ほっ
ほっ
4歩速足
4歩普通に
緩急つけて
ぐん
ぐん
ここは
軽いランニング
音楽やラジオを
聴きながら
周りに
気をつけて
楽しく続ける
大事!
とはいえ
無理はせず
う～ん
今日はなんだか
起きた時から
気持ち悪いから
お休みしよう
たまには
さぼったり
今日は
いっか!
でも
「やめない」
買い物ついでに
遠回りして
ウォーキングしよう
そして仕事は

タイマーをセットしつつ
休憩を入れつつ
よっ
よっ
それでもお腹が痛くなったりむくみがつらくなったら
潔《いさぎよ》く休む！
そして横になって本や漫画を読んだり映画を観たりする時間にチェンジ！
ここで頑張るとだいたい次の日腹痛が継続するから
いっそ休んだ方が明日頑張れるんだよね〜〜〜
経験から学んだもんね〜
そんな風に過ごしていたところ

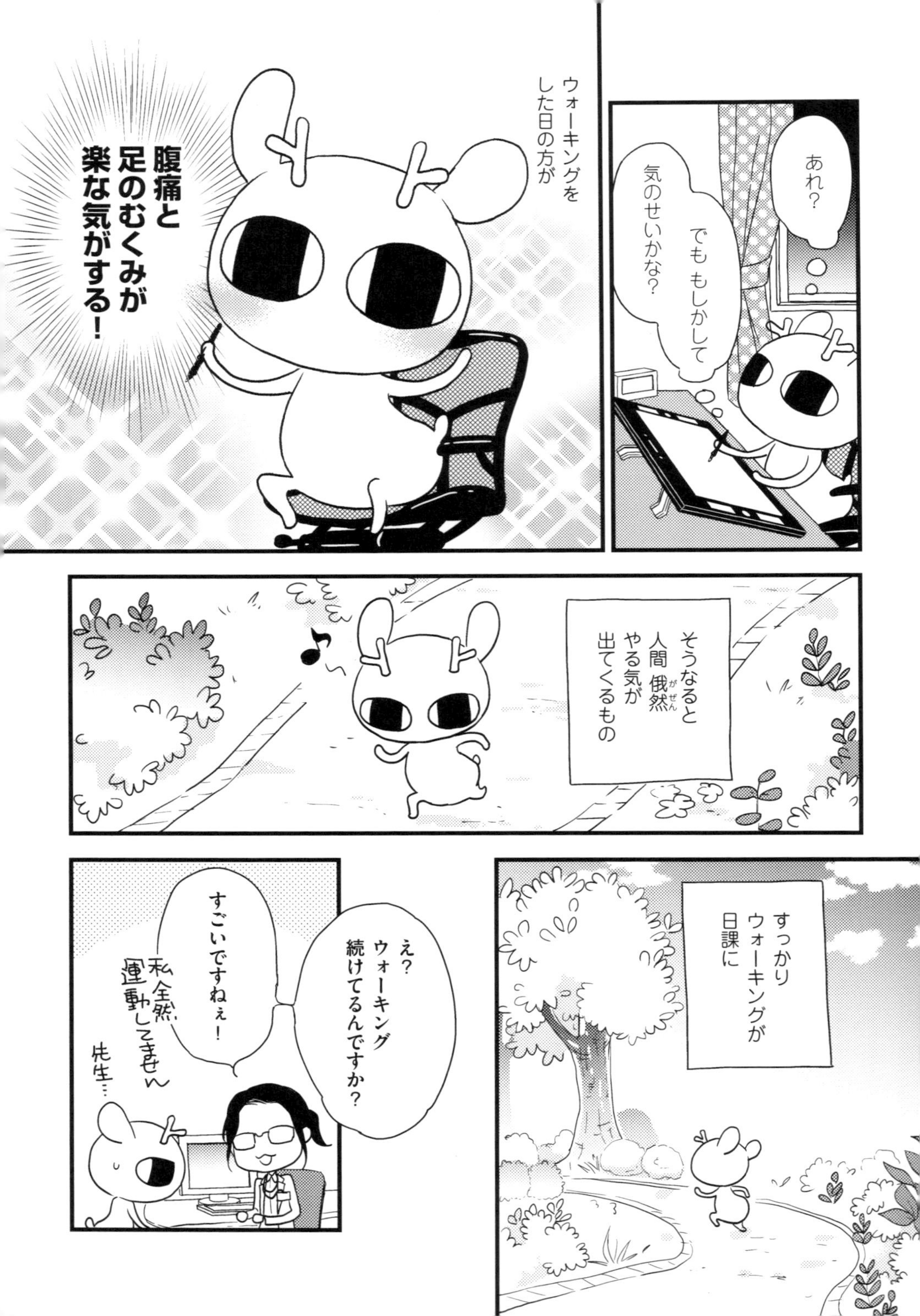

あれ?
気のせいかな?
でももしかして
ウォーキングをした日の方が
腹痛と足のむくみが楽な気がする!
そうなると人間 俄然《がぜん》やる気が出てくるもの
すっかりウォーキングが日課に
え? ウォーキング続けてるんですか?
すごいですねぇ!
私全然運動してません
先生…

ウォーキングした日の方が腹痛が楽な気がして
あら
そうなんですね でもじゃあ腹痛って腸なんですかねぇ
？？
あの… もしこの腹痛が手術の傷の癒着だとしたら
やっぱり開腹してみないとわからないんですか？
そうなんですよ 癒着しているところを画像診断で外から見てもハッキリとはわからないので
癒着してない腸
癒着している腸
画像で見ると
？？
同じ…？
結局お腹を開けてみないとわからないんですよね
ただ 開けるとまた癒着してしまうかもなので…
エンドレス…
とりあえず地道にウォーキングやります！
癒着がなくても適度な運動大事ですからね！
私もちょっと歩きます…
先生…

アンタ 最近元気ね
BURGER
えっ そう? そうかな
あっ
治療後にね
体がしんどくて 仕事続けられるか ずっと考えてたんだけど 腹が決まったからかも
へー でどうすんの?
仕事を「続けられるか 続けられないか」じゃなくて
「続けたいか 続けたくないのか」って考えた方が いいなって思ったの
それで 続けたいなって
大丈夫 考えなきゃ いけなくなる時に 考えれば いいんだから
う… うん…
今日も 机に向かう
よし 始めるか!
おー!

忘れない

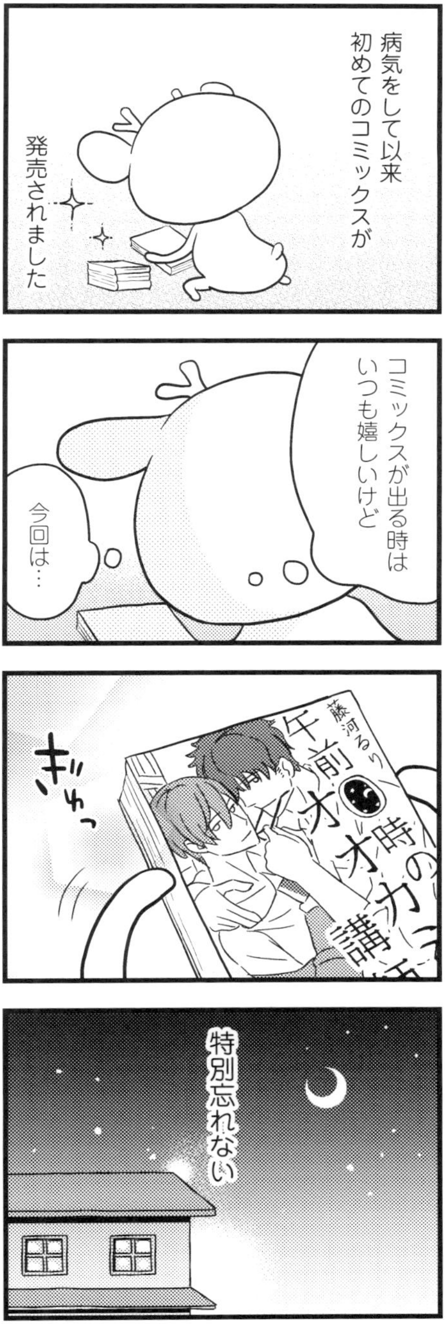
病気をして以来
初めてのコミックスが
発売されました
コミックスが出る時は
いつも嬉しいけど
今回は…
ぎゅっ
藤河るり
特別忘れない

焦り

カンパーイ!
カシャン
仕事復帰してから2年後
BL漫画家さんの飲み会に参加
わい
わい
会いたい人と会いたい時に会うの大事
しみじみ
みんな月何本のペースで仕事してる?
私はね～2本
2本!
多い時は3本だけど3本は本当に死んだよ…
3本!?
私は1本～1.5本です
す…すごい!
みんな頑張ってる…!
あ…
以前は私ももうちょっと描いてたなぁ
ハッ
藤河さんは?

いやー もう
病気する前と比べて全然本数少ないですよ
2ヵ月に1本とか
藤河さんは病気してるから仕方ないよ！
優しさ
体を大事にしてほしい
労《いたわ》り！
ありがとう
キャ
キャ
楽しかったなぁ
刺激ももらったし
うーん
若くてうまい作家さんもどんどんデビューしてくるし
私も頑張らないと
う…
焦るねこりゃ
わーっ
ぐるぐる
ぐる
焦る時焦るなら
あわわ

今まで
仕事に復帰することで
手いっぱいで
復帰したことで
嬉しくて
体も最近元気に
なってきて
そしたら
今まで見る余裕の
なかったことが
見えてきた
それだけ
体調が良くなってきた
ってことなんだろうけど
突然
不安が…
ううっ

魔女に聞いてもらおう
魔女〜〜〜聞いて
焦るよ！焦るんだよ！
はあ⁉
これからやっていけるのかなって
ぐち
ぐち
は〜〜？
やりたいけど続けたいけどね
それでさ…
プツリ。
ツー
ツー
ツー
あれ…
切られた…？
聞き飽きたところで切った魔女…
そこまで付き合わせてすまなかったよ
ありがとう
反省。
前向きに決意しても
波がある
ダメな時もある
いつも前向きは難しい
それでも
ぎゅ

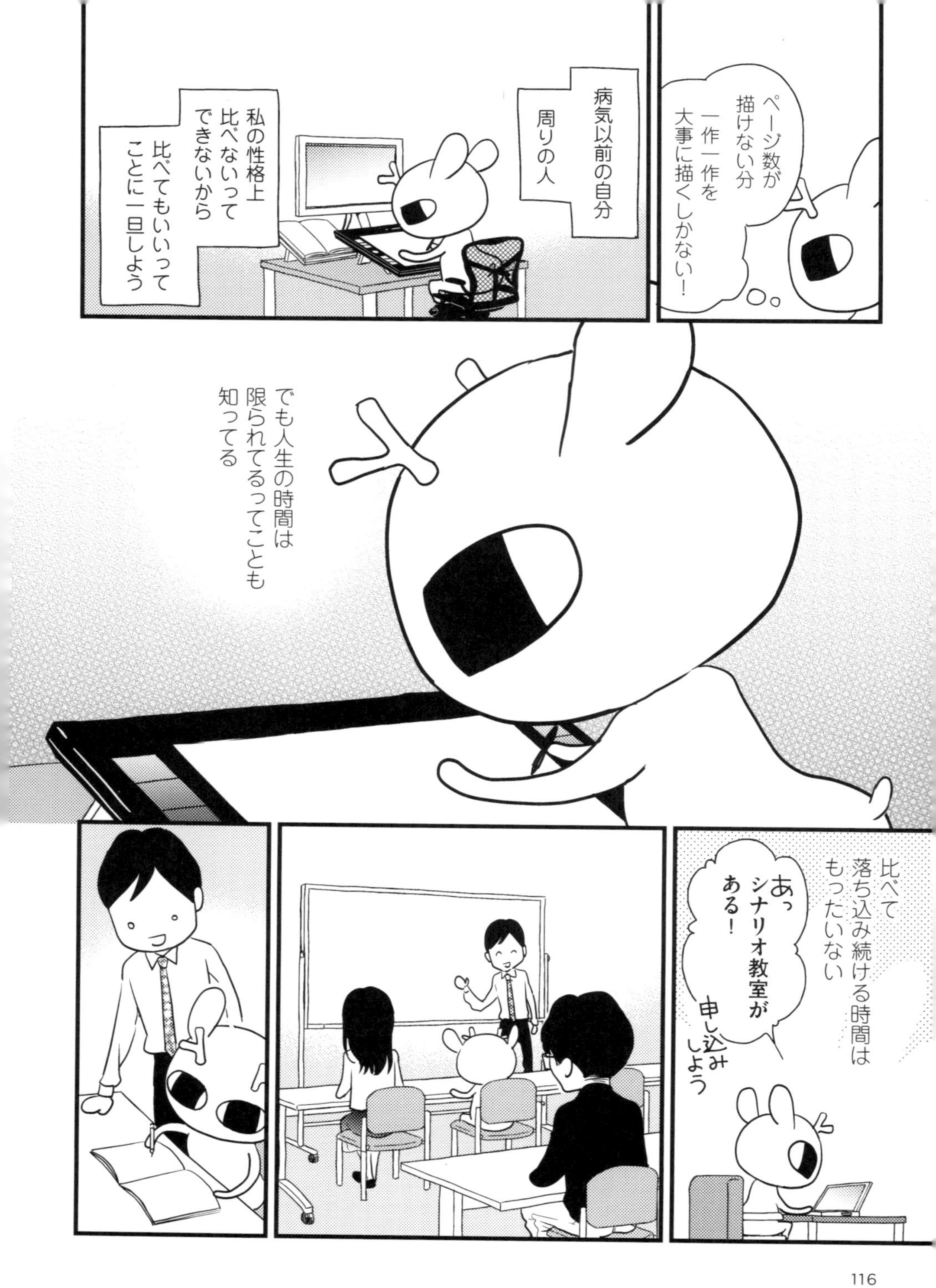
ページ数が
描けない分
一作一作を
大事に描くしかない！
病気以前の自分
周りの人
私の性格上
比べないいって
できないから
比べてもいいいって
ことに一旦しよう
でも人生の時間は
限られてるってことも
知ってる
比べて
落ち込み続ける時間は
もったいない
あっ
シナリオ教室が
ある！
申し込み
しよう

うわぁ
なるほど～
大人になってからの勉強は楽しい（第2弾）
先生
今回のコミックス売上の調子いいですよ！
ホントですか!?
キャー
キャー♡
ええ最近先生絵もよくなりましたよねー！
う…嬉しい！
課題はまだまだありますけど
これからも
キッ
はい
ちょっと頑張れそうです

久々の緊張感

治療終了後
2年目の夏
いつものように
MRI検査を
受けていると
造影剤《ぞうえいざい》
入れますね〜
はい吸って〜
はいて〜
息を止めて〜
ゴウン ゴウン
ん?
ムズ ムズ
なんか…
鼻がムズムズ
する…
はい
終わりました〜
なにか
体調に変化は
ありませんか?
いつものこと
大丈夫です〜
お尻が熱く
なるだけで
途中でくしゃみしそうに
なっちゃいましたけど
ざわ…
え?
他に変化は
ないですか?
えっ えっ
ないですけど
わらわら
鼻が
ムズムズっていうのも
気のせいかもしれないし
そんな
たいしたことじゃ…
造影剤の
副作用で
くしゃみが
重篤《じゅうとく》な症状の
前兆になることが
あるんですよ
くしゃみの後
呼吸困難に
なったり
そ
そうなんだ
あれ
藤河さん

口の横
赤くなってますね
いつからですか？
えっ
10分後
大丈夫です
よかった
変化ありません〜
念のため
1時間は病院内に
いてもらえますか？
はい
朝 鏡を見た時は
なかったような…
ホントだ
いつからだろう
たまにニキビで
赤くなる時が
あるんですけど…
カガミ
1時間後
大丈夫です
赤みも引きました
はい
これ注意書よく読んでくださいね
でもハッキリ覚えてるわけじゃないんだよな〜〜
自分が
大したことないな
って思う症状が
実は何かのサインって
ことがあるんだな
だいたい
重たい症状は
直後に出ることが
多いので
10分間ほど
ここで様子を
見ましょう
はい
見当違いだったら
恥ずかしい
とか思わずに
いつもと
違ったら
どんどん言おう

後日の診察
アレルギーが出ちゃいましたねぇ
今のところ再発を疑うようなことはないのでこれからは造影剤なしで検査していきましょう
は〜い
家族に報告
念のため何かあった時のため
イオメロンっていう造影剤がアレルギーだから
スカイプ
これから造影剤なしで検査するのか!?
どうすーーるんだ
それじゃ見えないじゃないか
心配じゃないか
逆に「術後2年は使えたんだから良かった」
って言ってほしいな♡
もし造影剤が必要になったらどうするん？ですか？
抗アレルギー剤を投与してから検査したりすることになると思います
ほー

治療中からの愛用品が…

朝ジューサーで生ジュースを作っていたら
あれ？
果物が入り口に詰まっちゃった
ぎゅっ
そうだ これで押し込もう
木のスプーン
ズいっ
治療中からずっと使っていたジューサー
持ち主が突っ込んだ木のスプーンの先を巻き込み死亡
ごめん

後日部品を買い無事使えるようになりました
もう付属のプッシャー以外使わないからね

治療から3年目

藤河さん
3年
経ちましたね！

えっ

すっかり忘れてたことにびっくりしたな
ありがとうございました
それくらい元気になったんだな

その日お茶する約束をしていたお友達に
ケーキでお祝いしてもらいました

それ以外にも
3年経過記念ラムチョップ！
何かにつけておいしいものを食べようとする私

column 06

3年後の変化いろいろ

もともと飲酒量は
「普通に飲める」くらい
だったのが
治療後
割とすぐ酔うように
抗がん剤治療中
飲まない期間が長くて
弱くなったのかな?
ビール
きたよ～
はーい
3年経過
おめでとう!
カシャ
ありがとう
ございます!
弱くなっても
経過観察の
記念日のお酒が
楽しみです
えへへ

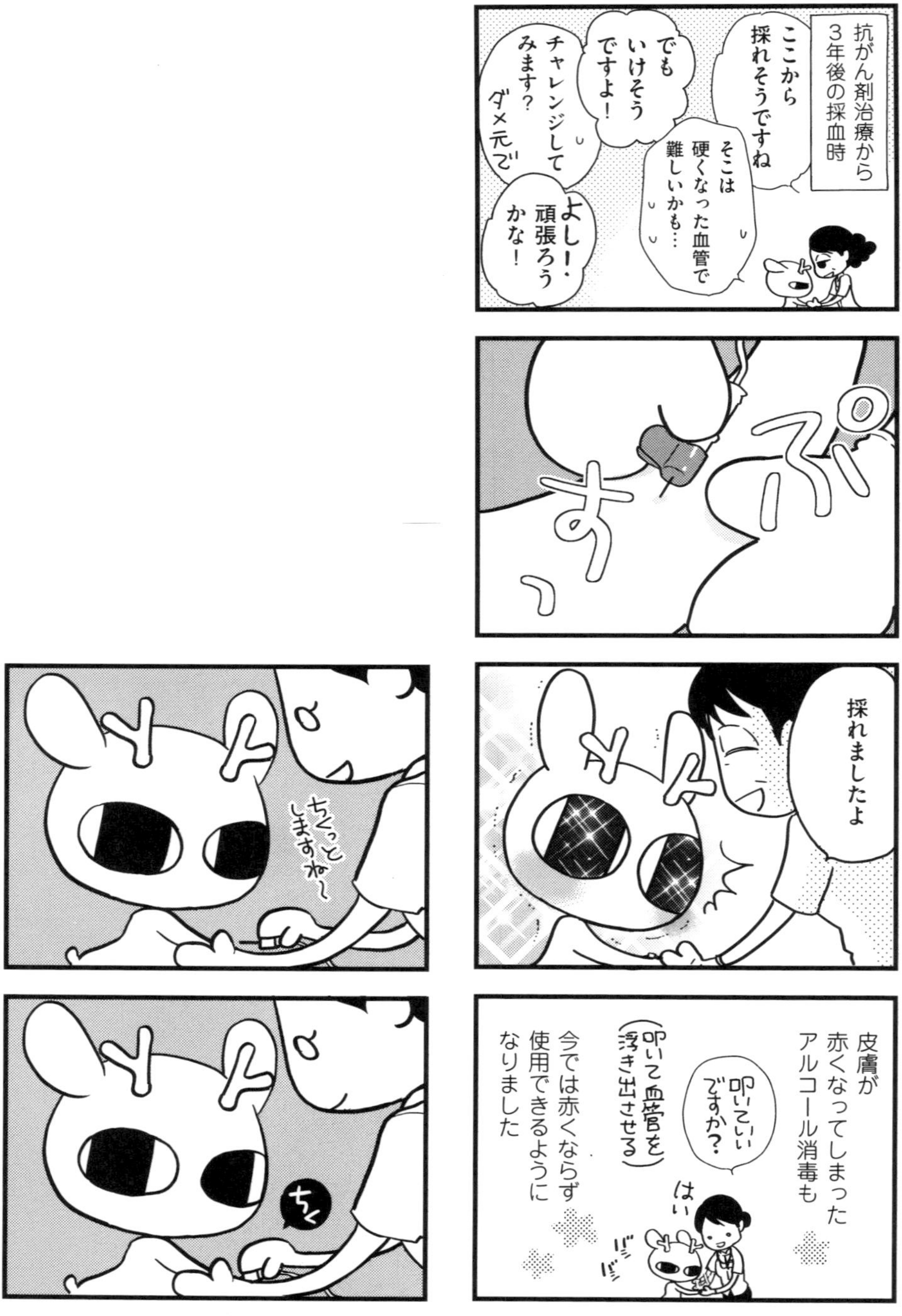
抗がん剤治療から3年後の採血時
ここから採れそうですね
そこは硬くなった血管で難しいかも…
でもいけそうですよ！
チャレンジしてみます？ダメ元で
よし！頑張ろうかな！
ぷよっ
採れましたよ
皮膚が赤くなってしまったアルコール消毒も
叩いていいですか？
はい
(叩いて血管を浮き出させる)
今では赤くならず使用できるようになりました
ちくっとしますね〜
ちく

術後2年時の手術痕
手術直後は痛々しかった傷痕もだいぶ落ち着いてきたなぁ
あれ!?
すごい! 一瞬わからなかった!
久しぶりに見たら
これからお風呂
オイルを塗っているのが良かったのかな
それとも現代医療が…?
カポー…
体があたたまって赤く浮き出てる!
おおっ
ポゥ
魔女
40年ほど前
先天性股関節脱臼の手術痕
(魔女と同居しているミキさん)
28年前
胆石の手術痕
私
3年前
卵巣がんの手術痕
わ〜!!
魚の骨みたいな手術痕だ!
るりの手術痕全然わからないね!
手術痕を見せ合う妙齢の女3人
術痕の歴史!

このイラストは手術直後にベッドに横になりながらスケッチブックに描いたイラストです。この頃は傷痕がこんなに綺麗になるなんて思いもしませんでした。
術後、傷痕のケアは毎日お風呂上がりにホホバオイルなどを塗って乾燥しないように常にケアしていましたが、最近はすっかりその必要もなくなり、他の皮膚と同じようにボディクリームをぬっています。

第６章

元気になる
シカ！

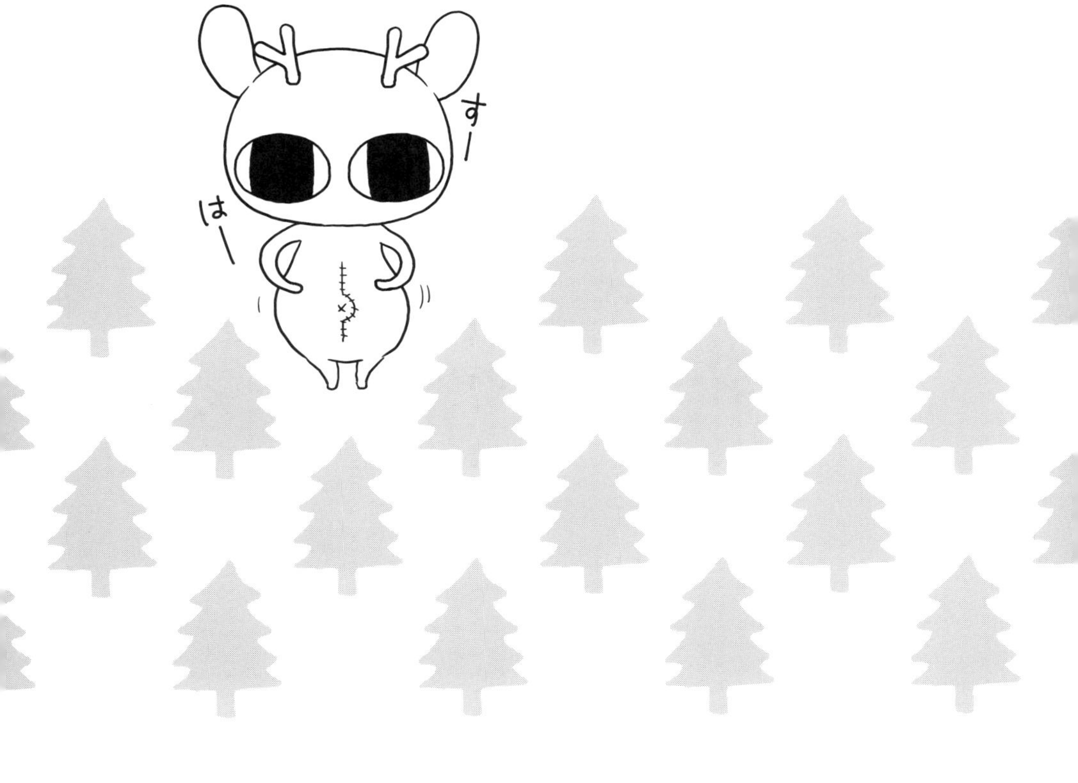

自転車こぎ

担当編集の激励

抗がん剤治療から3年半
担当さん
先生 来年のお仕事のスケジュールなんですが いかがですか?
ありがとうございます!
来年も2ケ月に1本のペースでお仕事いただけると嬉しいです!
………
?
先生
はい
いつまで病人のペースで仕事する気です?
えっ
もう治療から何年経ったと思ってるんですか?
えっ
そろそろ描けるでしょ~
えっ
むしろ描ける時に描かないとヤバいんじゃないですか?
えっ

えええええええっ
大きい手術じゃなくてもお腹を開けると落ち着くまで結構かかると聞きますから
担当さん…
無理なさらないでくださいよ
うっ
ありがとうございます
経過観察中はゆっくりしてくださいね
って言っていた編集さんが
全然違う!!
え〜ん
先生のこともうみんな忘れちゃいますよ〜〜
元気になったんだから描かないと〜〜

さ…
ううっ
3ケ月に2本で
頑張ります…!
1ケ月に1本
と言いたいところですけど
そのくらいですかね
ありがとう
ございます…!
言って
もらえる
うちが花
確かに
最近は
腹痛の頻度も
低くなってきているし
あれ?
痛くない
足のむくみは
あるものの
お疲れ様
以前のような
痛みはなくなってる
あんなに
しんどくて
もう仕事は
続けられないと
思ったのに
ゆっくり
ゆっくり

元気になってたんだなぁ
しみじみ
担当さんありがとう
そろそろお仕事を増やしていい頃でしたね
誰よりも実は自分が病人モードだったのかもしれない
仕事量は様子を見ながらちょっとずつ増やそう
よし
おーー!
今日も働くぞ!
一歩前へ

プロの技

るりさん
スカイプ
リンパマッサージ行きませんか?
ふたりがかりでやるすんごいのがあるらしいッスよ!
フフ
カキカキ
ヤマヲミさん
私 受けるなら医療系のリンパドレナージ受けたいんだよね～
なんだかんだで手術直後に1回看護師さんの指導を受けただけだし
だんだん自己流になってきてる気がする
以前1回ネットで検索したんだけど普通のリンパマッサージしか見つけられなくてね…
ちょっとお待ちを
カタカタカタカタ
あっ
るりさんありましたよ
えっ
もうっ?!
コレじゃないですか?
ホントだー!
あった…!
私の検索能力の低さが露呈
リンパドレナージ協会
協会のサイトから自分に合いそうな治療院を選択
紹介状が必要なんだ
紹介状書いてもらった方が私も安心だしね～
もしもし予約お願いします
というわけで主治医の先生に紹介状を書いてもらい
紹介状をお願いします
どこの治療院?
プロのリンパマッサージを受けてきました!

治療院は落ち着いた雰囲気の個室
診断書を渡し問診票を書く
左足に浮腫《ふしゅ》の症状が出たんですね
施術師Tさん
肩回し
ぐるぐる
すーはー
腹式呼吸
施術の前にまずは足の太さを計測しますね
左足の方が太いんだろうなぁ
……
リンパの流れは脇の下を通って鎖骨下辺りで静脈と合流するんですね
肩回しをすると脇も鎖骨も両方動かせるのでいいんですよ
右足の方が1センチ太いですね
ん？
リンパを流したい
肩こりもひどい
右足の方が1センチ太いですよ
利き足が右なんですね～
足の状態が良いってことですよ
ほー
予想外
そういえば自分の足の太さも知らない
肩回しすごいじゃないですか！
ぐるぐるぐる
ですね

マッサージ開始
ぐぐっ
おおっ
ピタ
おおおっ
ぐぐぐ
ぐっ
ピタ
結構ぐいぐいやるんですね
手と皮膚を密着して動かすことが大事なんですよ
ぐい
ぐい
あっ
もしかしてマッサージの時にボディオイルとかクリームを使うのは良くないですか?
手が滑ってしまうほどつけてやるのは効果が低くなってしまいますけど
皮膚を動かせていれば使用しても良いと思いますよ
主治医の先生からは「むくみがつらかったら足を高くしてね」って言われたんですけど
足を高くして寝ると腰に悪いとか腰にリンパが溜まるっていう話も聞いたりして…
どうなんでしょう?
クッションを使って足を高くするのは良いと思います
私…寝てる間に動いてクッション蹴っちゃうんですよね
なので術後一年はベイビピロー使ってました
スー…
スー…
蹴ってもいいと思いますよ
えっ
なんでですか?
寝始めだけ足を上げて楽にして
体が横になればリンパはゆっくり流れていきますから
寝てる間にクッションを蹴るくらいが腰にもちょうどいいと思います
ベイビピローも良いと思いますよ楽な方で…

施術後
スッ
キリ
おおっ
リンパ浮腫に
いつなっても
おかしくないって
言われると
正直
やっぱりちょっと
気になっちゃうん
ですよね
昔は知識もなくて
悪化させてしまう
患者さんが結構
いらっしゃったん
ですけど
今はみなさん
勉強されたり
ご自分で
ケアされたり
してるので
状況も
変わってきたなって
思ってるんですよ
病院内の
ケアが
もっと
充実すると
いいですよね
リンパ浮腫は
ケアでだいぶ
良くなりますから!
ホッ…

最近では 2~3日に1回くらいの
ペースでマッサージを続けています。
足が疲れた日などは
ゆっくりテレビを見ながら
気負わずのんびり
続けていきたいです♥

夏休みに3泊4日で再び台湾旅行に行ってきました
旅行といえば靴
1.歩きやすく
2.台湾の急な雨の土砂降りにも対応
3.なおかつ可愛い
これだ!
フラットシューズ
事前にはいて
靴ずれ防止のクッションパッド貼っておこう
リンパ節を切った人は傷や虫刺されに注意
準備はOK!
だと思っていた
1日目~2日目
あれ?
ちょっと小指が痛いかな
セ、セーフ
大鶏排
パパイヤジュース
3日目
ズキン ズキン
い…痛い……!
ズキン
土砂降りの中歩いたらクッションパッドが剥がれてカカトがこすれてる
ビョ~
完全な靴ずれ
アウト
絆創膏《ばんそうこう》貼っておこう
実は靴ずれは手術後初めてではなく何度かやっていたので完全に舐めていた
怪我と虫刺されには注意してくださいね
主治医の先生

帰国した次の日の夜
ぷくぅ
なんじゃこりゃ〜
なんだか足が痒いなぁと思ったら
赤い!
腫れてる!
患部が熱い!
次の日即電話
もしもし そちらに通院している藤河ですが
熱はありますか?
(看護師さん)
腫れてるところは熱いんですけど私本体は熱はないです
先生に確認したら「皮膚科に行ってください」とのことです
病気する前は〝様子見てから〟ってなかなか病院に行かなかったけど
今は
すぐ!病院に行く
病気後一番変わったこと
皮膚科
うーん
虫刺されにも見えるけど刺されたあとはないねぇ
飲み薬とぬり薬出しておくね

塗り薬と飲み薬を服用して2日後
おっ 治ってきた!
手術から3年以上が経った今
体調も安定してきてだいぶ元気になったので
時々忘れてしまうけど
術前と術後の今の体は違うのも確か
今の自分の体と折り合いつけて付き合っていきたいなぁ

その後足に優しいスポーツスリッポンを買いました。

年を取るということ

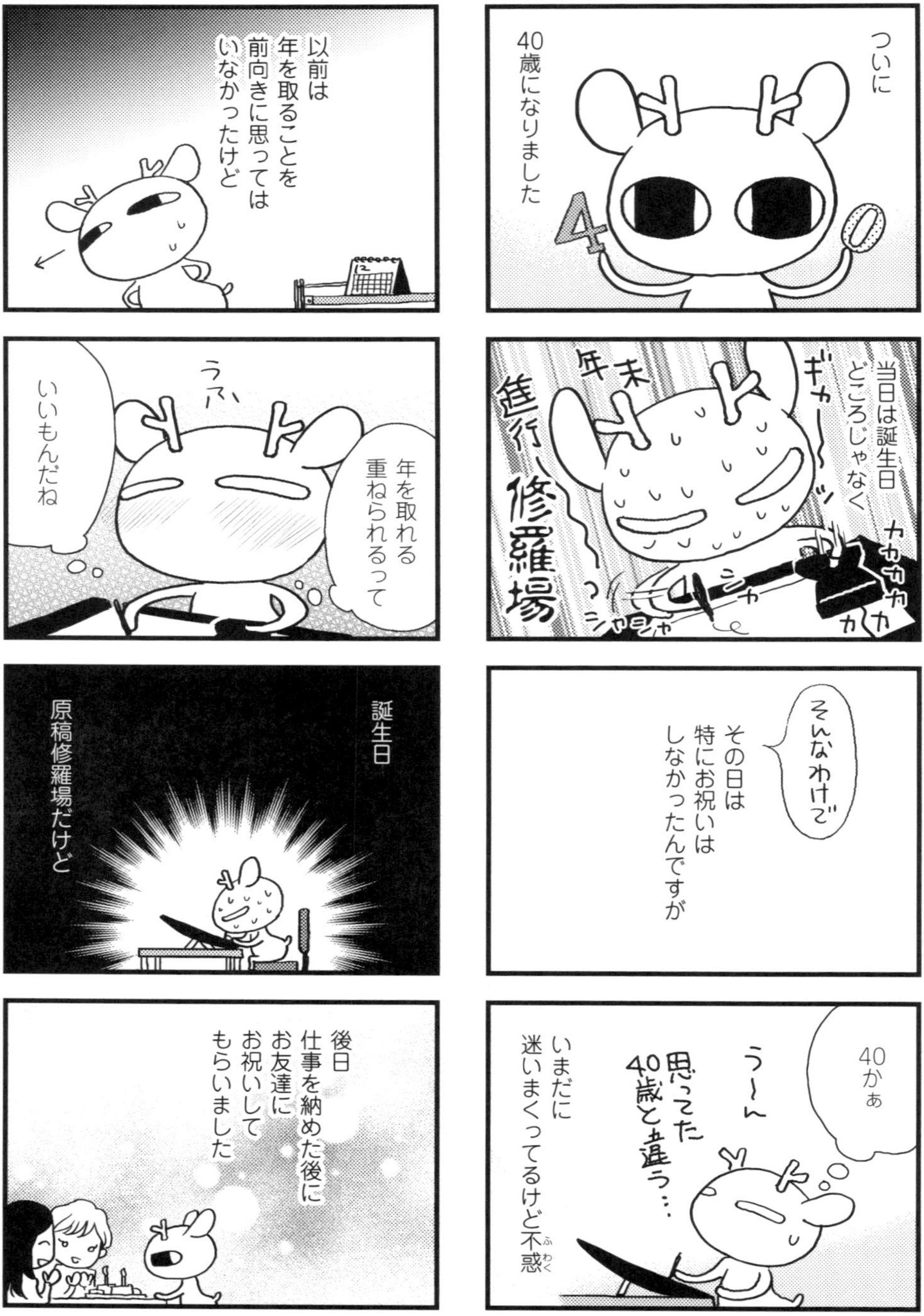
ついに
40歳になりました
当日は誕生日どころじゃなく
年末
進行
修羅場
ギャ〜〜ッ
カカカカ
カカ
シャ
シャシャシャ
そんなわけで
その日は特にお祝いはしなかったんですが
40かぁ
う〜ん
思ってた40歳と違う…
いまだに迷いまくってるけど不惑《ふわく》
以前は年を取ることを前向きに思ってはいなかったけど
うふ
年を取れる重ねられるって
いいもんだね
誕生日
原稿修羅場だけど
後日仕事を納めた後にお友達にお祝いしてもらいました

column 07

薬の選択肢

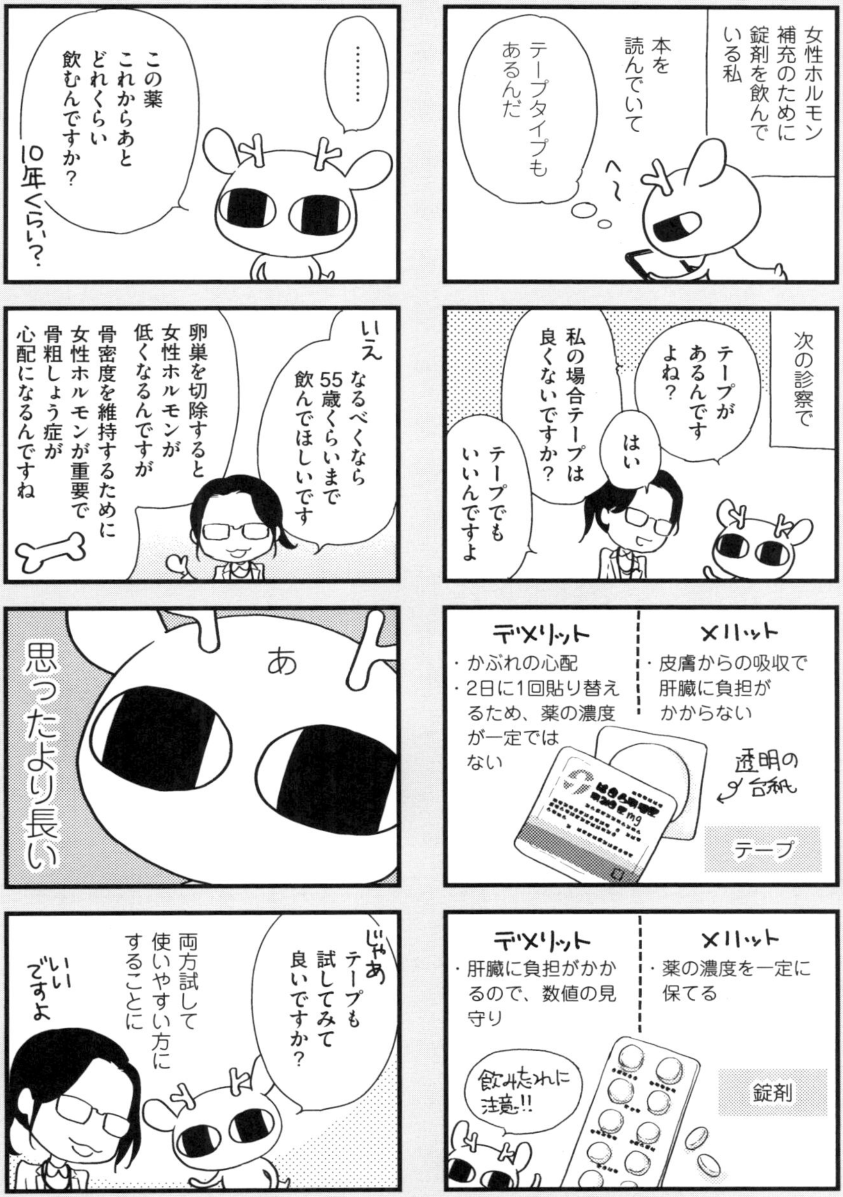

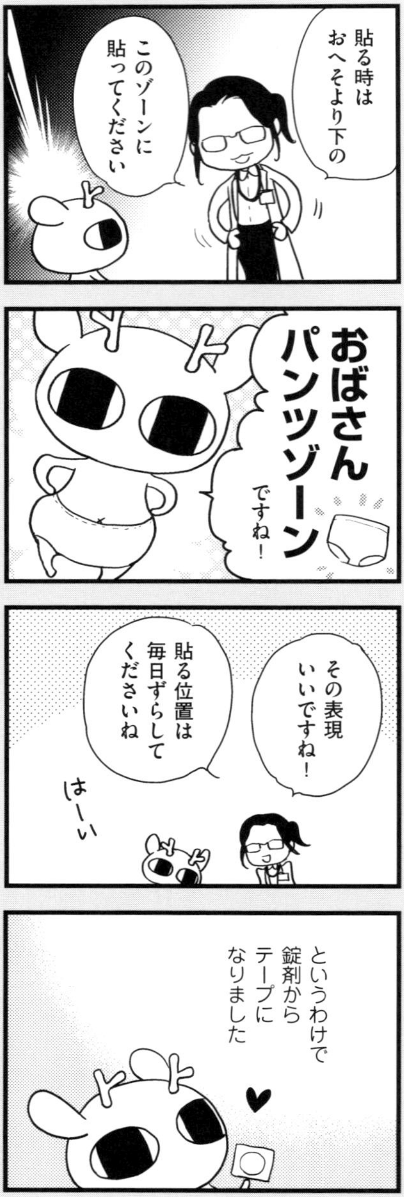

現在もシールでホルモン治療を続けています。
毎日貼るところをずらしているので
かぶれたりもせず貼っていることを
忘れてしまうくらいですが、
女性ホルモンの数値が低いらしく
枚数を２枚にするか
様子を見ているところです。

おわりに

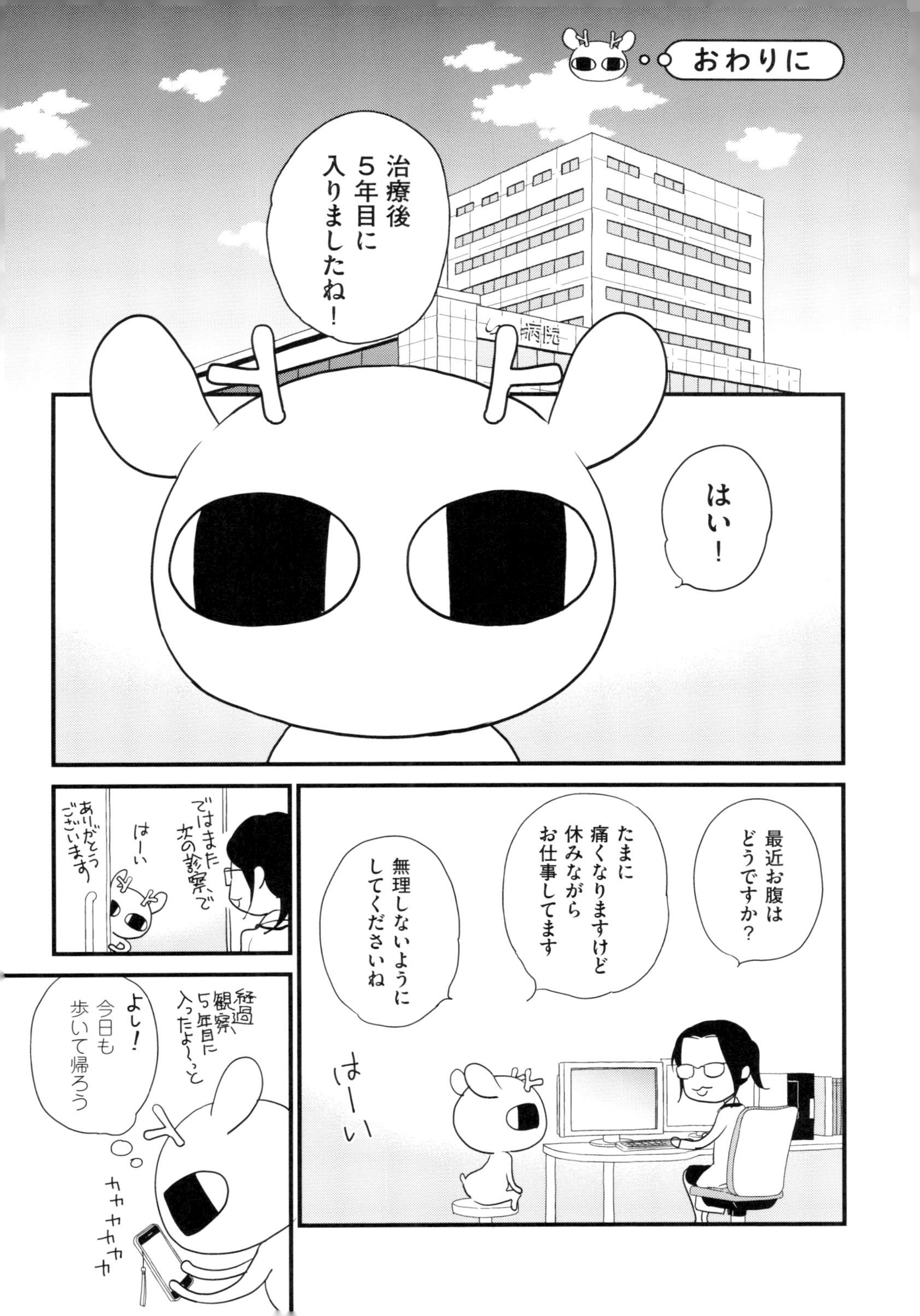

治療後5年目に入りましたね！
はい！
最近お腹はどうですか？
たまに痛くなりますけど休みながらお仕事してます
無理しないようにしてくださいね
はーい
ではまた次の診察で
はーい
ありがとうございます
経過観察5年目に入ったよ〜っと
よし！
今日も歩いて帰ろう

経過観察の5年も
あともう少しで
終わる
日常の生活も
何事もなく
過ごせるようになった
手術後 腹痛で歩けず
休みながら帰った道も
ふぅ
ふぅ
その1年後も
まだまだゆっくりしか
歩けなかったけれど
今では
早歩きできる
ようになった

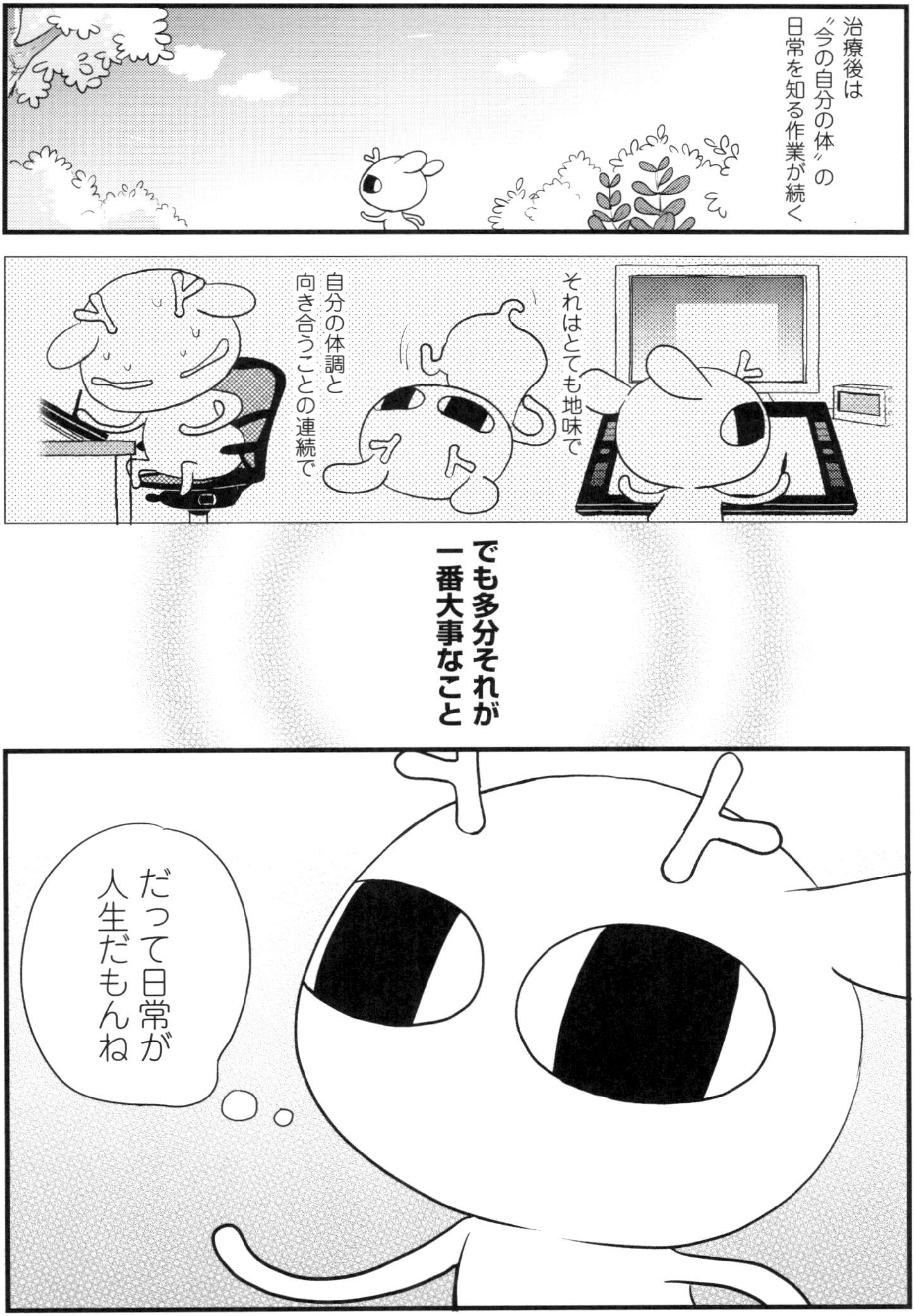
治療後は
〝今の自分の体〟の
日常を知る作業が続く
それはとても地味で
自分の体調と
向き合うことの連続で
でも多分それが
一番大事なこと
だって日常が
人生だもんね

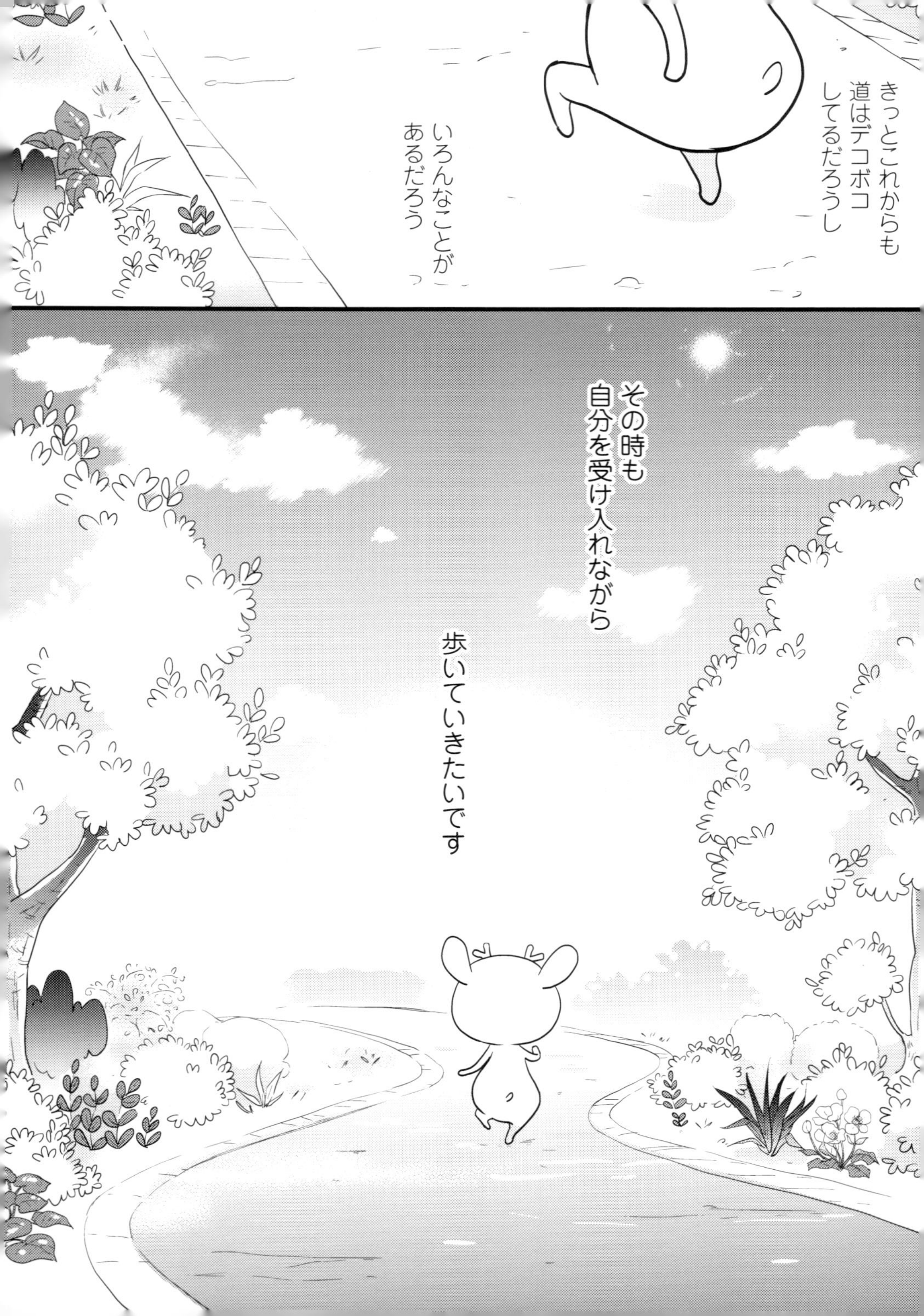

きっとこれからも
道はデコボコ
してるだろうし
いろんなことが
あるだろう
その時も
自分を受け入れながら
歩いていきたいです

ブックデザイン
千葉慈子
（あんバターオフィス）

DTP
株式会社ビーワークス

校正
齋木恵津子

営業
大木絢加

編集長
松田紀子

担当
白鳥千尋

きゅーさん@産婦人科医

『元気になるシカ！』第1巻に引き続き医学監修をさせて頂きました、きゅーさん@産婦人科医です。

前作ではがん治療を中心とした内容でしたが、本作は治療後の社会復帰がテーマです。特に日本では、亡くなられたがん患者様の闘病記は沢山の作品があふれている一方、治療が終了した方（がんサバイバー）の闘病記は驚く程少ないのが現状です。

現在の医療では「治療後のＱＯＬ（生活の質）をどう確保すべきか？」についても多く議論されていますが、中々世間に浸透していないと実感します。本作はがんサバイバー特有の生活の悩みや心情を詳細に綴ったという意味でも、非常に価値がある一冊だと思います。

さて、今回は本作のテーマである社会復帰について少しお話しします。

実は治療後の社会復帰につまずいてしまう方は意外と多いのです。手術・抗がん剤治療は大変ですが、「抗がん剤治療まで頑張って乗り越えよう！」という明確な目標があるため、患者と医者の二人三脚で比較的迷い無く過ごせます（もちろん個人差はありますが…）。

治療後は、仕事に復帰したり、家族・友人・知人と会う機会が増えたり、恋愛をしたり、まさに社会復帰の段階に移行します。しかし大変な治療をしたので、当然今まで通りとはいかず様々なトラブルが起こりがちです。
そんな変化に対し、本人はもちろん周りの人達も、お互い戸惑ってしまうケースがあるのです。医者である私も、どれだけ患者さんと接しても対応は人それぞれ本当に難しいと感じていますので、本人や周りの友人が迷うのも当然だと思います。
そんな問題に対して、どんなアドバイスが適切なのかと考えていたところ、頭に浮かんだのは「それも含めて人生」という事でした。仮にがんにならなかったとしても人は老いるし、しばしば病気にもなります。また自分の周囲も、親が年を取ったり友人が結婚したり異動で遠距離恋愛になったり、実は常に環境は変化し続けていて、その関係性は気づかない間にゆっくりと自然にアップデートされ現在があるのです。
「がんの発症」という大きなイベントにより、「周囲との関係性を早急に構築し直さなきゃいけない！」そんな意識に囚われてしまうかもしれませんが、人生で関わってきた沢山の人達との関係は、医者との時間よりはるかに長い時間を要して構築してきたものですので、無理せず今まで通りゆっくりとアップデートしていけば良いと思います。
シカさんは悩みながらも、上手に better な関係・環境を構築されていましたので、どんな人にとっても参考になるのではないでしょうか？

あとがき

藤河るり

前作の『元気になるシカ！』を描いた後、続編など全く想像していなかった私に、
「藤河さんの仕事復帰の体験を描いてみませんか？」と担当さんが仰ってくださいました。

その話を聞いて、
なるほど確かにがん治療も進み治療と仕事を両立する方も多いだろうし、
治療が終わり日常生活や職場に戻っていく人も多いだろうな、
そしてその道のりは治療中とはまた別の大変さがあるだろうな、
と思いました。

私自身、手術、抗がん剤治療が終わり、
〝元気になった後〟
なかなか元気になり切らない自分の体と心の付き合い方、
仕事のやり方に向き合わざるをえなかったひとりです。

私の職業は漫画家なので外にお勤めしている方とは違うところが多々あるかとは思いますが、

仕事復帰で頑張る方の息抜きにこの漫画がなればいいなと思い執筆し始めました。

前回同様、
描くことを了承してくれた周りの家族、友達、編集さん、医師の先生たちに改めて感謝を。
周りのサポートなくしてはここまでこられなかったと心から思います。

監修してくださったきゅーさん@産婦人科医さん。
かわいい装丁にしてくださったデザイナーの千葉さん。
この本に携わってくださったすべての方。
皆さんと2冊目を形にできて嬉しいです。ありがとうございました。
伴走してくださった担当の白鳥さんには特にお礼を。

この書籍で初めて読んでくださった方はもちろん、
ブログやBL、前作から応援してくださった読者さんも、
心からありがとうございました。
この本を読んで少しでも元気になって頂ければ嬉しいです。

元気《げんき》になるシカ！2

ひとり暮《ぐ》らし闘病中《とうびょうちゅう》、仕事復帰《しごとふっき》しました

2018年 6月29日　初版発行
2024年11月15日　5版発行

著者　藤河《ふじかわ》るり

発行者　山下直久

発行　株式会社 KADOKAWA
〒102-8177　東京都千代田区富士見 2-13-3
☎0570-002-301（ナビダイヤル）

印刷所　TOPPANクロレ株式会社

●お問い合わせ
https://www.kadokawa.co.jp/（「お問い合わせ」へお進みください）
※内容によっては、お答えできない場合があります。
※サポートは日本国内のみとさせていただきます。
※Japanese text only

定価はカバーに表示してあります。

ISBN 978-4-04-069933-2　C0095

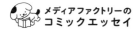